Torsten Siekierka

Die Leben der

Miss HassLiebe

Bibliografische Information der Deutschen Nationalbibliothek:
Die Deutsche Nationalbibliothek verzeichnet diese Publikation in der Deutschen Nationalbibliografie; detaillierte bibliografische Daten sind im Internet über http://dnb.dnb.de abrufbar.

© 2016 Torsten Siekierka

Lektorat: Sven Fuss
Buchsatz: Karola Wollschlägel
Cover: marschi

Herstellung und Verlag: BoD – Books on Demand, Norderstedt

ISBN: 978-3-741294020

Mein Leben schien am Arsch. Welcher böse entzündet war. Da half auch keine Penatencreme mehr. Und wenn schon, ich hätte nicht einmal gewusst, woher ich diese nehmen sollte. Denn die Geschäfte hatten nachts geschlossen. Außerdem war es schweinekalt da draußen.

Joh und ich saßen eine ganze Zeit lang auf dem Balkon. Töteten auf diesem rücksichtslos uns selbst und dem Rotwein gegenüber drei Flaschen Spätburgunder. Seitdem wir dann wegen der Kälte im Wohnzimmer saßen, mussten zwei weitere Pullen dran glauben.

Joh hieß eigentlich Johanna. Eine 26-jährige Singlefrau mit nem Gör am Arsch. Sorgte irgendwann mal eben für massig Schmerzen und Schreie, dieses blöde Balg. Was einer Kriegserklärung nah kam. Marschierte dann ein! Dieser Lucas.

Marschierte in Johs Leben. Seitdem gab es in diesem eine Art Schreihals-Diktatur.

Joh sah in meinen Augen granaten-stark aus. Kurze braune Haare, Locken! Schmaler Körperbau mit beneidenswerter Oberweite. Trotz Abkömmling, welcher vor gar nicht allzu langer Zeit ihre Titten aussaugte wie ein alkohol- oder muttermilchabhängiger Diktator.

Ich hasste gnadenlos.
Gnadenlos alle Männer auf dieser Welt. Und selbst wenn die vier Jahre alt waren und auf solche Namen wie Lucas hörten, änderte dies nichts an meinen Hassgefühlen.

Joh, u.a Schlagzeugerin unserer Band, kümmerte sich bis zuletzt um diese ganze Managementkacke. Letztes haben inzwischen stinkende und schlipstragende, fettbäuchige Schwanzträger übernommen. Benötigte man genauso wenig wie Bälger, Kriege, Diktatoren und alle anderen Männer. Aber Joh sah das ein wenig anders. Für sie zählte Kohle, Erfolg und ähnlicher Kram, den ich nie haben wollte. Fehlten nur noch männliche Groupies, die die Bandmitglieder nach jedem Auftritt bumsen wollten. Wir hatten unseren ersten richtigen Plattenvertrag unterschrieben. Für mich eine Verpflichtung zu noch mehr Stress, viel zu vielen, weil völlig unsinnigen Vorgaben und stinkende und schlipstragende, fettbäuchige Schwanzträger, die uns von nun an in der Hand hatten. Brauchte ich alles nicht. Wollte lediglich Musik machen. Mehr nicht! Aber nun saß ich mit Joh hier in meinem Wohnzimmer und stieß mindestens zum zehnten Mal auf etwas an, auf was ich gerne verzichtet hätte.

Der Rotwein sorgte erst für warme Gefühle in mir. Inzwischen wurden diese abgelöst.

Spürte nur noch Kotzgefühle. Ich begab mich aufs Klo. Vereinte meinen Mageninhalt, also einzig Rotwein, mit der Keramik meines Aborts.

»Hey, alles okay?«

»Klar! Ich wusste mir nur nicht anders zu helfen, als dir meine Meinung über diesen bekloppten Plattenvertrag mal schlicht praktisch zu verdeutlichen.«

»Du kannst mir glauben, es wird alles gut. Wir bestimmen einzig über uns selbst. Deine Ängste sind unbegründet!«

»Wir bestimmen über uns selbst? Meinst du das ernst? Selbst bei dir spielt so ein kleiner, noch fast jede Nacht in die Windeln scheißender Terrorzwerg Diktator und lässt dir keine Luft zum Atmen. Wie soll das dann bitte erst werden, wenn wir unter der Fittiche von Männern stehen, die älter als vier Jahre sind?«

Auf diese Frage bekam ich als Antwort nur einen genervten Blick. Aber egal. Für mich hatte ich recht. Schließlich stellte ich in meinem Leben noch meine eigene Absolutistin dar. Führte maximal Krieg gegen mich selbst. Mit Verlierern auf beiden Seiten. Wie das im Krieg eben immer schon so war.

»Denk doch einfach mal daran, was dir unsere Band bisher alles ermöglichte. Deinen scheiß Krankenschwesternjob in der Kinderpsychiatrie konntest du aufgeben, weil du inzwischen von der Bandkohle ein geiles Leben genießt.«

Joh übertrieb maßlos. Der Job in der Kinder-Klappse hätte mich irgendwann selbst als Patientin haben können, wenn das so weitergegangen wäre. Die Bandkohle schien für mich dann das Argument, mit dieser ganzen verkackten Fliesbandscheiße einfach aufzuhören. Keine Lust und keinen Funken Kraft mehr, Scheiße von Kinderärschen zu wischen. Außerdem gab es immer mehr kranke Kinder. Weil es immer mehr und mehr kranke Eltern gab, die ihren Kindern irgendeine Grütze einredeten, bis die dann eben endlich litten. Einzig für den Genuss von Gluckenvater und Gluckenmutter, die sich wieder mehr um arme hilflose 11-jährige kümmern durften.

Mit der Band hatte ich trotz allem noch weniger Kohle, als vorher.

Aber immerhin.

Zum Überleben reichte es.

Zum Leben nicht.

Jeder Tag ein Probetag. An jedem Tag der letzten fünf Wochen. Josi und Annabell glänzten ebenfalls wieder mit Anwesenheit! Josi war 24, hatte schulterlange Haare, war normal groß und auch sonst überhaupt die Einzige, bei der das Wörtchen normal noch benutzt werden konnte, ohne sich selbst als völlig bekloppt darzustellen. Im Gegensatz dazu Annabell! 34 Jahre, zweimal geschieden, außerdem nannte sie bereits drei Aufenthalte in der Psychiatrie ihr Eigen. Wegen eines Suizidversuchs, zu vielen Drogen, sowie anderen schlechten Gedanken in ihrem eleganten Kopf. Überhaupt wirkte Annabell wie ein adipöser Engel. Dabei verdeckten ihre wunderschönen langen blonden Haare lediglich viel zu tiefe Wunden. Aber alle gemeinsam gaben wir eine geile Vierer-Combo ab. Nicht in sexueller Hinsicht, sondern weil es schlicht keine bessere Zusammenstellung geben konnte. Wir ergänzten uns nahezu perfekt.

Annabell als wandelnde Problemmasse, Joh mit einem Gör am Arsch, wo sie selbst nicht einmal wusste, wo das herkam, Josi, die sich eben gerne mit derben Kontakten wie uns schmückte und ich. Als Sängerin und Songwriterin.

Unser letztes Album befand sich bereits auf dem Markt. Es wurde mehr als zehntausendmal verkauft. Alle anderen Alben vorher hundertmal. Wenn es gut lief. Dafür war nun dieses neue Männer-Management verantwortlich. Genau wie für meine Ängste. Denn ich brauchte diese letzte Bastion des anders seins, des provozierens, der Rebellion, des unangepasst seins. Und nun wartete ich darauf, dass dieses bekloppte Management vorgab, dass ich andere Texte für die Band schreiben sollte. Texte, die sich besser vermarkten ließen. Texte für die Masse. Den ersten Rüffel gab es bereits vor ein paar

Wochen. Allerdings nicht für mich, sondern für Annabell. Über diverse Social-Media-Kanäle gaben wir unsere neuen Tourdaten bekannt. Dann schrieb einer dieser impotenten Wichser, die im wahren Leben nie die Fresse aufbekommen:

»Wenn ihr in Torgau seit, könnt ihr meinen Schwanz lutschen!«

Daraufhin antwortete Annabell:

»Deinen Pimmel nehme ich gerne in den Mund. Um ihn ganz langsam mit meinen Vampirzähnen von deinem hässlichen Gerippe abzureißen. Dann kann sich so ein sexistisches Arschgesicht wie du wenigstens nicht vermehren!«

Annabells Antwort musste kurze Zeit später wieder gelöscht werden.

Aber was sollten wir bitte auch in Orten wie Torgau auftreten?

Alle bisherigen Konzerte von uns fanden ausschließlich auf lokalen Bühnen statt. Regional wäre ja noch ertragbar gewesen. Aber national? Was sollte dieser Scheiß? Uns kannte doch bis dahin außerhalb von Berlin oder maximal Brandenburg keine Sau. Aber das hatte sich wohl geändert. Ohne, dass wir es mitbekamen.

Kurze Zeit später standen also 15 Auftritte in maximal kurzer Zeit an. Und ich hatte keinen Bock auf diese Scheiße.

Flensburg

Schleswig

Glückstadt

Hamburg

Leer

Bochum

Berlin

Berlin

Schwerin

Torgau

Zwickau

Regensburg

Stuttgart

Friedrichshafen

Saarbrücken

Bis vor kuzem reizte mich an unserer Musik vor allem das Pflichtgefühl, welches irgendwo zwischen 0 und 1,2 lag. Aber nun lag es irgendwo bei 3466 und verursachte pure Lustlosigkeit. Wir befanden uns immer noch im Proberaum und ich probte vor allem, aufkommende Lustlosigkeit zu überspielen. Joh gab auf ihrem Schlagzeug die ersten Takte zu *Ich will nen Nazi als Mann* vor. Josi stieg ein. Annabell begleitete das alles mit ihrem irre großen Kontrabass. Dann erhob ich meine Stimme:

Ich will nen Nazi als Mann!

Ich will nen Nazi als Mann!

Denn mir kommts gar nicht auf Hirnmasse an,

weil ich weiss, dass ich Scheiße

unterdrücken

kann.

Mama sagt: »Nun wird es Zeit,

du brauchst nen Kerl

und zwar noch heut

Nimm Sascha, der ist der Clou,

denn der ist in

der CDU.«

Da rief ich: »Jo, jo, jo, jo, jo

Nazi-Sascha wäre wirklich Klo-Niveau!«

Kurz danach probten wir noch weitere Lieder wie

Kein Bullenschwanz zum Frühstück,
Wie viel Koks darfs sein,
Wunder gibt es nie mehr wieder
und viele andere Songs, die auf unserer Setlist stehen sollten.

Joh sollte ihr Balg bei dem Typen lassen, der ihr dieses Lukas-Ei einst ins Nest legte. Ich hatte keine Lust, mich drei Wochen lang mit Kindergepläre abzugeben. Ich beneidete Joh dafür, dass sie den Mut hatte, dem Typen weiss zu machen, dass er der Vater dieser halbgroßen Bestie gewesen sein musste. Dabei wusste sie es selber noch nicht einmal, wer da nun wann mit ihr und weswegen sie dann aufkeimte und irgendwann aussah, als hätte sie mehrere aufgeblasene Luftballons verschlungen. Der Typ, der Martin hieß, drohte wohl noch mit nem Vaterschaftstest, womit Joh sich einverstanden erklärte, wenn er den denn gezahlt hätte. Was er aber nicht konnte. Damit hatte sie erst die Schlacht für sich entschieden und dann auch den gesamten Krieg, als sie diesem Martin mitteilte, dass er bei einem positiven Vaterschaftstest Unterhalt löhnen müsste. Dabei ging es Joh rein gar nicht um die scheiß Kohle, sondern einzig darum, jemanden in der Hinterhand zu haben, der als zeitweises Abschiebegewahrsam für nervige Bälger diente. Und Männer waren schon immer dumm und dämlich und denken doch, wenn sie scheinbar Vater sind, haben sie kein Widerspruchsrecht mehr. Gut so. Denn auch dumme Menschen muss es geben.

Das, was Joh passierte, hätte mir nie widerfahren können. Dafür empfand ich zu viel Hass dem schwanztragenden Geschlecht gegenüber. Was sich auch in unseren Liedtexten oftmals widerspiegelte. Das gleiche traf auch auf Annabell zu. Sie vertrat unsere gemeinsame Meinung aus krass mieser Erfahrung heraus, ich einzig aus Überzeugung. Wir beide waren uns sicher, dass Frauen nur mit Männern ficken, damit die Ruhe geben. Oder einfach, um ihnen zu gefallen. Aber niemals für sich selbst. Rein den Schwingel, schön was vorstöhnen und erzählen, was für ein geiler Hengst da doch gerade über einem hängt, nur damit der möglichst schnell abdrückt und man sich selbst wieder wichtigeren Dingen widmen konnte. Und wenn alles nicht hilft, wird eben noch ein Orgasmus vorgetäuscht. Hauptsache, schnell wieder raus aus der Frau. Raus mit dem hässlichen Schwellkörper.

Annabell erlebte es am eigenen Leib, was passiert, wenn der Beischlaf ausbleibt. Dann wird dem männlichen Willen mal eben mit fiesen und harten Schlägen nachgeholfen. Ist ihr nicht nur bei einem Kerl passiert. Das konnte ich mir ersparen. Dann doch lieber ab nach Hause, selbst entscheiden, wann ich wollte, denn Freddy stand jedes Mal Gewehr bei Fuß. Und fühlte ich mich fertig gefickt, kam er zurück auf die Ladestation.

Ich saß in der S-Bahn. Auf dem Weg nach Spandau! Besuchte meinen Vater!
Besuchte Kindererinnerungen!
Besuchte Erinnerungen an meine Mutter! Spandau weckte Erinnerungen, die doch lieber weiterschlafen sollten.

In der S-Bahn stank es nach faulen Eiern. Wie in Spandau. Ich beobachte einen Typen, der vor der Tür stand und scheinbar darauf wartete anzukommen und auszusteigen. Aus dem Leben. Dieser Typ in Jogginghose und Mottoshirt streichelte die Tür, als wollte er diese zärtlich darum bitten, dass sie sich bei voller Fahrt doch bitte öffnen tue und er aus der Tür kotzen oder springen könne. Was auch immer.

Berlin hat viel zu viele Bahnhöfe, weswegen es immer scheiße lange dauerte, von Friedrichshain nach Spandau zu fahren. In einen dieser Bahnhöfe fuhren wir ein. Die Tür öffnete sich, der Jogginghosen-Man blieb vor dem Ein- und Ausstieg stehen. Niemand kam rein oder raus. Gedanken, schlicht eine andere Tür zu nehmen, kam niemandem in den Kopf. Wie einfach es stattdessen schien, andere Menschen komplett aus der Fassung zu bringen. Erst wurde gemeckert, dann gepöbelt, geschrien, beleidigt, eher irgendwer das menschliche Hindernis aus dem Weg stieß. Bis dahin wurde es als Arschloch, dreckiger Bastard, dämlicher Penner und krankes Mistschwein beschimpft. Dann lag Herr Hindernis auf dem Boden und ich konnte erkennen, was genau auf seinem Motto-Shirt stand. *Im a fucking ashole!*

Irgendwann kam ich an in Spandau. Der Bus brachte mich vom Bahnhof auf direktem Wege ins Einfamilienhäuser-Ghetto! Hier herrschte noch Kriegs- statt Kiezatmosphäre. Hier wurde gnadenlos gehasst. Alles was anders schien oder alle, die scheinbar mehr hatten, als man selbst. Purer Hass war spürbar! Das war auch das Einzige, was mir an dieser Gegend annähernd gefiel.

Irgendwo in diesem Kriegskiez wohnte mein Vater. Irgendwo hier klingelte ich. Keine Ahnung, ob es das richtige Haus war. Alle Klotze, die in Reih und Glied standen, wie eine Häuserarmee, die in die Schlacht ziehen will, sahen gleich aus. Mein Vater öffnete!
Glück im Unglück!
Er bat mich herein, kurze Zeit später saßen wir auf der Couch. Das TV-Gerät spielte ebenfalls gerade etwas von Krieg.
Krieg gegen Hirn!
Es lief Unterschichtenfernsehen mit dem Thema *6 aus 49! Wer sind die Väter meiner Kinder?*

Erst nachdem einer von unzähligen Werbeblöcken die Sendung unterbrach, hielt es mein Vater für nötig, sich mit seinem

Besuch abzugeben. Das war typisch für ihn.
Er hatte seine Prioritäten.

Ich auch!

Männer sind scheiße und mein Vater stellte keine Ausnahme dar!

Meine oberste und einzige Priorität.

Wir unterhielten uns über seinen Gesundheitszustand, das Haus, seine Frau und meine Mutter und das Fernsehprogramm. Irgendwo knallte es plötzlich ganz gewaltig. Im Fernsehen wurde gerade jemand erschossen.

»Endlich ham se den, die alte Sau!«

Mein Vater fühlte mehr mit dem Fernsehprogramm mit, als mit seiner Tochter. Die war kein Thema.

Was machte die überhaupt hier?

Wie kam die hier rein?

Ach ja, durch die Tür! Dinge passieren! Plötzlich fragte mich mein Erzeuger, ob ich nicht Lust hätte, wieder zu Hause einzuziehen. Ich konnte diese Frage nicht verneinen. Fühlte mich stattdessen wie ein Cocktail. Durchgemixt mit reichlich überrascht und gleichermaßen schockiert sein. Nie im Leben wollte ich in dieses Haus je wieder einziehen. Als ich auszog, schwor ich mir sogar, nie mehr auch nur einen Fuß in diese Tür zu setzen. Das änderte sich. Mit dem Tod meiner Mutter.

»Weißt du, ich bin so einsam hier! Alles ist so leer und ich weiss oft gar nicht wohin. Das Schlachtfeld ist so groß und ich bin der einzige Überlebende!«

Ich fühlte mich geistesgegenwärtig wie ein Geist. Mir fehlte gerade die Kraft. Kraft, um auf dieses Angebot einzugehen. Dann sagte ich jedoch:

»Papa, ich bin sowieso bald auf großer Tournee, wäre eh nur selten da. Das würde nichts bringen!«

»Auf großer Tournee? Aber doch nicht etwa mit diesen komischen Kindern von deiner Arbeit?«

»Die Arbeit habe ich nicht mehr! Ich lebe jetzt nur noch für die Band!«

Kurze Zeit später befand ich mich wieder auf dem Weg zum Bus. Wieder ließ ich ein Stück Kindheit hinter mir, als ich über das Schlachtfeld voller Einfamilienhäuser marschierte. Komischerweise musste ich plötzlich an Anne denken. Aus der

Kinderpsychiatrie. Viel zu nötig wäre es mal gewesen, in meiner Kindheit Anne zu sein. Anne war ein 13-jähriges Mädchen auf der Geschlossenen. Sie aß, sie trank, sie grinste und weinte, sie ging oder rannte, aber sie hat nie mit irgendjemandem gesprochen. Nicht ein Wort! Durch Anne lernte ich viele Dinge zu schätzen, weil es andere nicht gab. Dadurch, dass Anne nie redetete, wirkte ihr Lächeln immer wie ein Friedensangebot an die ganze kranke Welt. Aber das wird es nie gewesen sein. Konnte es nie gewesen sein. Denn viel zu viel Scheiße hat Anne in dieser bösen Welt erfahren müssen. Weshalb sie vielleicht mit ihrem so bedeutenden Lächeln lediglich um Gnade bettelte. Von ihren Eltern haben wir damals nicht erfahren, welche Ereignisse Annes Stummheit auslösten. Es hieß immer nur:

»Wir können es uns auch nicht erklären!«

Na klar! Anne wurde geboren und nahm sich eben irgendwann vor, von jetzt auf gleich einfach nicht mehr zu quatschen. So wird es gewesen sein. Und wenn sie nicht gestorben sind,...

Am Abend saßen Joh, Josi, Annabell und ich ein letztes Mal vor Tourbeginn zusammen. Besprachen die Setlist und all den anderen Quark, der irgendwie für unsere Tour wichtig schien. Dabei entschieden wir uns immerhin, nicht in jedem Ort das gleiche Programm abzuspulen. Wäre tierisch langweilig gewesen. Für uns. Im Krieg gibts ja auch verschiedene Waffen. Das macht alles sehr viel unberechenbarer. Und wenn wir eines waren, dann unkalkulierbar. Ein gesellschaftlicher Unsicherheitsfaktor. Wir waren wie Krieg! Nur geiler und ohne Männer! Frauenkrieg!

Wir betranken uns mit billigem Rotwein und verramschten alles Nötige in den Tourbus. Mit dem stand Joh vor einem Jahr vor unserem Proberaum und meinte, das wäre doch toll, mit dem alten Mercedes-Bus durch die Lande zu tingeln. Damals wirkte ich schwer begeistert, weil ich schon immer ein

Faible für alte Autos hatte. Nur vor einem Jahr hieß *durch die Lande tingeln* noch von einem Berliner Club zum nächsten und eventuell auch mal in irgendwelche Dörfer oder Kleinstädte Brandenburgs. Aber nun sollten wir mit dieser Klapperkiste bis nach Flensburg kommen? Ich hätte mich gerne geweigert, wollte jedoch nicht als Miesepeter mit Titten dastehen. Immerhin konnten wir drin pennen und sparten so das Geld für irgendwelche völlig überteuerten Hostels und dergleichen.

Nachdem wir uns verabschiedeten, probte ich Freddy zu Hause nochmals auf seine Funktionstüchtigkeit und überlegte, ihn einzupacken. Aber vier Tage sexuelle Unausgeglichenheit sollte ich irgendwie überstehen. Denn nach dem Gig in Hamburg hatten wir zwei Tage Pause und die wollten wir in Berlin verbringen. Und im allerschlimmsten Fall hatte ich drei Damen um mich rum, denen es vermutlich ähnlich gehen sollte.

Dann packte ich meine letzten Utensilien zusammen. Das meiste befand sich bereits im Bus, abgesehen von den Dingen, die ich permanent bei mir trug. Eine Notration Binden, ein Buch und eine Flasche Wasser. Dazu mein Handy. Aber das hätte ich mal lieber zu Hause lassen sollen. Zum Essen packte ich nichts ein. Hätte eh nur für Kotzgefühle gesorgt. Außerdem aß ich seit geraumer Zeit eh kaum noch etwas.

Am nächsten Morgen wollten wir uns um 07.00 Uhr vor dem Proberaum treffen. Joh fuhr mit dem Mercedes vor, lud mich und Josi ein. Annabell dagegen schien laut Mailbox aktuell leider nicht erreichbar zu sein. Das fing ja einigermaßen gut an. Warum ich erst an Selbstmord und dann an verschlafen dachte, wusste ich selbst nicht. Aber mit einer der beiden Dinge sollte ich recht behalten. Zumindest indirekt. Wir fuhren, wenn man das mit dem Bus noch so nennen durfte, einmal quer durch den scheiß Berufsverkehr. Durch scheiß Berlin. Von Friedrichshain in Richtung Norden nach Reinickendorf. Immerhin waren wir Flensburg dadurch schon einmal 8 km näher. Wir kamen also voran.

Josi klingelte bei Annabell. Niemand öffnete. Josi blies nun zum Klingelkrieg und drückte ihren Kaugummi auf den Klingelknopf. Doch es half nichts. Annabell öffnete nicht. Also doch Selbstmord? Ich sollte recht behalten.

Eine Stunde später, wir kämpften uns erneut durch den Berufsverkehr zurück nach Friedrichshain, erfuhren wir, dass sich eine Person vor die U-Bahn geworfen hatte. Dadurch steckte Annabell im Tunnel fest, hatte dort keinen Handyempfang und konnte nicht weiter.

Dann konnten wir immerhin irgendwann weiter. Zu viert Richtung Flensburg. Auf dem Weg zur Autobahn hörten wir im Radio, dass es ein Typ gewesen sein soll, der den U-Bahnverkehr mit seinem fettleibigen und nun zermatschten Körper behinderte. Vermutlich Liebeskummer! Okay! Aber muss man deswegen die halbe Stadt ausbremsen? Kann man doch auch im stillen Kämmerlein tun. Da, wo die unzähligen Pornohefte lagern. Da stört es wenigstens niemanden. Aber dass Männer soweit denken, ist nicht zu erwarten. Dann hätten sie sich auch gleich auf einen möglichen Lösungsweg des Problems begeben können. Aber ich kann mir das gut vorstellen. Er wollte Sex! Sie nicht! Manche Männer werden dann aggressiv, frustriert oder beides. Und dieser fette Typ unter der

U-Bahn fand sich vermutlich, völlig zu Recht, arg scheiße, weil seine Alte ihn nicht mehr ranließ. Konnte ich alles gut verstehen. Sie und ihn! Auch wenn ich beide nicht kannte.

Am frühen Abend kamen wir endlich in Flensburg an. Wir luden unser Waffenarsenal aus, bauten es auf, spielten ein paar Gigs zur Probe. Dann zogen wir uns zurück, besorgten und killten ein paar Rot- und Weißweinflaschen. Hier konnte man das Zeug wenigstens saufen.

Wir rechneten mit allem oder gar nichts. In unserer bereits angetrunkenen Fantasie malten wir uns aus, dass hier vermutlich kaum jemand Notiz von unserem Konzert nahm. Hier in Flensburg hatte man abends um 21.00 Uhr schließlich wichtigere Dinge zu tun. Kühe melken, Schweine schlachten oder Bälger verprügeln. Was sollte man hier auch bitte sonst tun? Nichts! Außer auf ein alternatives Musikkonzert gehen. Und genau das war unsere zweite Vorstellung. Der Laden könnte brechend voll sein, weil hier endlich mal was los war. Wenn die Milch sauer, die Schweine erlegt und die Bälger nicht mehr zuckten, konnte man schließlich auch mal ein Musikkonzert besuchen. Wenn man wusste, was das war. Gab vermutlich nicht so viele Musikveranstaltungen hier in der nördlichsten Einöde Deutschlands.

Und genau so kam es auch. Ich dachte immer, uns kennt keine Sau, doch waren an diesem Abend massig Schweine anwesend. Viel zu viele für meinen Geschmack. Ich dachte, die wurden vorher erlegt. Doch der Blick auf zahllose Bauerntrampel überzeugte mich vom Gegenteil.

»Hallo Flensburg! Wir begrüßen euch zum Tourauftakt von Hass im Glück«, hauchte unser blonder adipöser Engel in das Mikro.

Dann begannen wir mit den ersten Takten zu *Männer, ihr müsst nicht um eure Hoden weinen!* Und wie der Name bereits vermuten ließ, ging es in diesem Song um die Amputation des männlichen Geschlechtsteils. Doch bereits beim zweiten Lied *Wie viel Koks darfs sein?* spürte ich eine merkwürdige Stimmung aufkommen. Vernahm ich genau, weil ich während des Singens immer wieder in die verschiedensten Publikumsgesichter sah. Die waren nicht schön, was mir jedoch egal war. Ich konnte jemanden angucken und trotzdem an ihm vorbei oder einfach durch schauen. Ging immer. Trotzdem nahm ich wahr, dass manche lachten und grölten, wieder andere tanzten und ganz andere leicht geschockt wirkten. Insbesondere bei den wenigen Damen in der Halle konnte man einiges über diese erfahren. Manche lagen in den Abhängigkeitsarmen diverser Schwanzträger, deren Besitz sie scheinbar darstellten, und schüttelten gemeinsam mit ihrem Besitzer ihre scheiß Köpfe. Doch andere Frauen drückten mit ihrer Körpersprache genau das Gegenteil aus. Sie schienen sich regelrecht freitanzen zu wollen. Frei von Sexsklaverei und Küchenarbeit.

Nach gut einer halben Stunde brach dann vollends Chaos aus. In Form einer fulminanten Massenschlägerei. Irgendwer versuchte die Bühne zu stürmen, doch Joh wusste genau, weshalb sie Dinge wie Pfefferspray und Elektroschocker immer bei sich trug. Dann lud irgendwer noch die Bullen ein, welche aus scheinbarer Dankbarkeit für die Einladung fleißig mitkloppten.

Wie es am Ende ausging, wusste ich nicht. Wir räumten irgendwann das Feld. Das hier war nicht mehr unser Krieg. Nicht mehr unser Niveau. Kann auch alles gar nicht so dramatisch gewesen sein. In der Zeitung am nächsten Tag fand sich zu den Vorkommnissen kein Wort.

Tags darauf traten wir in Schleswig auf. Wir tuckelten mit dem alten Mercedes gut 40 km über die A7. Drei Stunden lang. Während unsere Durchschnittsgeschwindigkeit irgendwo zwischen 90 und 100 lag, sausten andere mit der doppelten Geschwindigkeit an uns vorbei und kurze Zeit später in die Leitplanke. Wodurch sich unsere Durchschnittsgeschwindigkeit für lange Zeit irgendwo zwischen gänzlich stehen und Kriechgang befand.

Schleswig wirkte, im Gegensatz zu Flensburg, viel kleiner und enger, aber auch viel angenehmer. Zumindest vom Ort und der Location her. Doch viel wichtiger war, dass sich die Szenerie des gestrigen Abends nicht wiederholen sollte. Daher beschloss Josi, nach den ersten zehn Minuten des Konzerts, den überteuren Spätburgunder, den wir als erste Tat in Schleswig erwarben, sich erotisch angehaucht über das T-Shirt zu gießen. Dieses zog sie dann, erotisch angehaucht, aus, schmiss es, erotisch angehaucht, in die Menge, um den Rest des Abends, erotisch angehaucht, mit freiem Oberkörper Gitarre zu spielen. Das hatte mehrere Vorteile. Die anwesenden Männer hatten endlich mal einen Grund für ihre ständigen Sabbereien. Und der allergrößte Vollidiot durfte sich Josis Shirt dann als Wichsvorlage mit nach Hause nehmen. Klebte wenigstens die Laptop-Tastatur mal etwas weniger. Aber das sollte uns egal sein. Vielmehr sollte die Botschaft an die Frauen in der Halle wirken. Lasst euch nicht auf eure Titten reduzieren. Die sind so normal, wie Haare auf dem Kopf. Es ist euer Körper und ihr allein entscheidet über diesen.

Jede Frau sollte mehr wert sein, als auf Titten und Ärsche reduziert zu werden.

Bereits zu Beginn des Konzerts versammelten sich ca. 300 Provinzler in der schlechtbelüfteten Halle. Uns lief der Schweiß aus allen Poren. Zu gerne hätte ich Josis Shirtaktion imitiert, aber die Sabberfressen vor der Bühne machten wir dann doch irgendwie Angst. Ich hätte mein Mikro dafür verwettet, dass die echt mit sich zu kämpfen hatten, sich nicht direkt vor uns einen von der Palme zu wedeln. Das hätte dann auch die Warteschlange vor dem Idiotenklo erklärt. Die waren stark in der Minderheit, aber die Schlange vor dem Klo trotzdem dreimal länger, als bei den Frauen.

Dann gab es eine Gruppe auf dem Konzert, die mich stark an meine letzte Arbeitsstelle erinnerte. Diesmal jedoch nicht an Anne, sondern eher an Dennis, Bertram und wie die Geisteskranken auch alle hießen. Wie bekloppt sprangen die aufeinander ein. Sah aus wie Hahnenkampf und passte auch gut hier her. Trotzdem wirkte diese Art des Tanzes völlig bescheuert. Das sah auch nicht mehr nach Pogo aus. Eher nach versuchtem Totschlag. Wenn die sich doch wenigstens nach dem Takt der Musik besprungen hätten, aber das war einfach nur drauf und fertig. Während ich die letzten Worte zu *Es war ein blutroter Massenmord* sang, gingen mir Gedanken durch den Kopf, die sich fragten, was diese Horde Bekloppter eigentlich den lieben langen Tag tat, dass die so dermaßen aggressiv drauf waren. Und wie wurden die ihre Aggressionen sonst so los? Eine Antwort darauf gab es nach dem Konzert. Nachdem Annabell alle männlichen Besucher in eines der nobelsten Absteigen der Stadt einlud, um die Bandmitglieder kostenlos ficken zu können, brach, als die Besucher gerade die Halle verließen, eine regelrechte Massenschlägerei aus. Da konnten sich die Primitivlinge aus Flensburg noch ganz gehörig was abschauen. Das war schon keine Schlägerei mehr. Es flogen Flaschen und Schuhe, ein paar Fäuste, sämtliche Autos wurden entglast und als die Polizei endlich eintraf, stand man scheinbar seinen Lieblingshassgegner gegenüber. Denn nun ging es nicht mehr gegeneinander, sondern miteinander. Gegen die Bullen. Natürlich hofften wir, dass diese Art des Gewaltaktes sich nicht auf jedem Konzert wiederholen würde. Doch wir wussten auch, wo Männer sind, ist die blöde Gewalt nicht weit.

Wir schauten eine Weile dem Treiben vor der Halle zu. Bei ein paar Flaschen Rotwein. Irgendwann wurde uns langweilig und wir fuhren mit unserem Bus in Richtung Nobelhotel, wo wir angeblich übernachteten. Laut Annabell. Wir gaben Wetten ab, wie viele schwanzgesteuerte Typen sich wohl vor dem Hotel einfanden, um ihren unkontrollierten Trieben den Ausbruch zu ermöglichen. Josi tippte auf 10, Annabell auf 50. Joh glaubte tatsächlich an das Gute im Mann und blieb bei 4. Ich schloss mich den 50 an. Eigene Meinungen waren nur selten meins.

Dann stand jedoch gar keine Männerarmee vor dem Hotel. Sondern die Schleswiger Hausfrauenbrigade. Sie hielten Schilder hoch auf denen zu lesen war:

»Mein Mann geht arbeiten, ich erziehe die Kinder. So ist es richtig!«

»Emanzen wie »Hass im Glück« wollen nur das traditionelle Frauenbild zerstören!«
Oder:
»Stoppt den Genderwahnsinn! Wählt CDU!«

Wir schauten uns die Hausfrauencombo aus sicherer Entfernung, im Mercedes sitzend, an und lachten uns halb tot. Wir wussten zu genau, während die hier standen und sich der Lächerlichkeit preisgaben, indem sie ein Hotel anschrien, in dem wir nicht einmal untergebracht waren, vögelten ihre Männer entweder die Nachbarin, die Tochter oder sorgten für eine verklebte Laptop-Tastatur.

Am nächsten Morgen befanden wir uns auf dem Weg nach Glückstadt. Dort sollten wir auf einer Art Festival auftreten. Wir haben lediglich vier Songs vorbereitet. Für mehr hätte die Zeit auch nicht ausgereicht.

Wir waren die vierte Bombe, die auf dem Festival auftreten sollte. Die ersten drei zerstörten sich lediglich selbst, während wir die Bombe zum Platzen brachten. Zumindest schien das unser Plan. Bereits vor dem Auftritt wurden wir regelrecht vollgesülzt von diversen Pop Schleimern. Dazu gab es saudumme Männersprüche und lechzende Blicke nach etwas Frauenfleisch. Mein Mageninhalt fühlte sich eklig erregt. Wo waren wir hier nur gelandet? Ich hätte diesen Versagern zu gerne live bewiesen, dass elektronisches Spielzeug wie Freddy jeden noch so notgeilen Typen alt aussehen lassen hätte. Doch Freddy stand in Berlin auf der Ladestation, was vermutlich auch das Beste war.

Dann spielten wir draußen auf der Bühne die ersten Songs. Wir hielten unsere eigene Setlist nicht ein. Was mehrere Gründe hatte. Zum Einen stand kaum jemand auf dem viel zu großen Platz vor der Bühne und zweitens außer ein paar halbwüchsige Spinner. Und von diesen trugen drei noch diverse Tarnanzüge der Bundeswehr. Und es war klar erkennbar, dass diese nicht als Kostümierung dienten. Vor uns stand tatsächlich die schlimmste Art an Männern. Oder so was Ähnliches. Und das waren, neben hirnverbrannten Nazis, hirnverbrannte Soldaten. Wir Mädels schauten uns an und Joh stimmte auf dem Schlagzeug die ersten Takte von »Wärst du doch bei der Bundeswehr geblieben - doofes Arschloch« an. Wenn es diesen dumm-doofen, spätpubertären Typen mit ihrem ersten Schamhaarflaum im Gesicht da vor der Bühne irgendwie möglich gewesen wäre, sie hätten uns erst getötet und dann gefickt. Doch dafür waren sie einfach zu dämlich. Das wussten wir, denn wir sahen es ihnen allein an ihrer hässlichen und stinkenden Kleidung an. Wir provozierten weiter, während diese doofen Deppen uns mit ihren doofen Deppensprüchen an unsere Kindergartenzeit erinnerten.

Nachdem wir unsere Lieder abgearbeitet hatten, begab sich Annabell kurz hinter die Bühne. Keine Ahnung, was die da wollte. Wir anderen drei bedankten uns bei dem magenreizenden Publikum mit den Worten

»Merkt euch unseren Namen! Wir sind Hass im Glück! Ihr werdet ihn die nächsten Nächte schreien!«

Und genau damit sollten wir Recht behalten. Denn Annabell betrat erneut die Bühne.

Ich fragte mich, wo sie das Ding da her hatte, mit welchem sie da doch relativ arglos rumspielte. Sie trat an das Mikro heran, während die Soldaten wie Kriegsflüchtlinge davonrannten. Annabell lächelte. Mit diesem Lächeln und der Pump-Gun in ihrer linken Hand wirkte unser blonder adipöser Engel extrem sexy. Dann nahm sie das Teil, richtete es auf den inzwischen leeren Bühnenvorplatz und ballerte drauf los.

Natürlich gab es Ärger. Doch der hielt sich in Grenzen. Der Veranstalter verteidigte uns sogar vor den Bullen. Die meinten, das gehöre zur Show, sei außerdem eingeplant und abgesprochen gewesen. Dazu ließen sie noch andere diverse Lügenbomben regnen. Die Bullen schienen dann auch ganz erleichtert, dass sie sich zurück in ihren stinkenden Mannschaftswagen setzen konnten und weiter in Gedanken weibliches Kollegenmaterial sexuell malträtieren durften.

Auf dem Weg nach Hamburg klingelte seit langer Zeit mal wieder mein Mobiltelefon. Außer Joh, Josi oder Annabell rief mich eh auch nie jemand an. Ich kramte das Handy aus der Tasche und las auf dem Display, das mein Vater anrief. Mein Vater rief sonst nie an. Vor allem nicht mich. Leicht schockiert eröffnete ich das Gespräch, indem ich auf diesen hässlichen grünen Hörer drückte. Ich erwartete eine Kriegserklärung meines Vaters. Es wäre nicht die erste gewesen. Doch was folgte, war die Ankündigung seiner persönlichen, bedingungslosen Kapitulation.

»Mir geht es so schlecht! Kannst du vorbeikommen?«

»Nee, sorry, sind gerade auf Tournee!«

»Aber ich bin so einsam und allein! Niemand kümmert sich um mich!«

»Alles klar! Wenn ich wieder in Berlin bin, melde ich mich und komme eventuell mal vorbei!«

Meine Reaktion wirkte seelisch kühl, doch was anderes hätte unpassend wirken können. Immerhin befand sich die Beziehung zwischen uns, den jeweiligen Kriegsfronten, seit geraumer Zeit in einer Art Eiszeit. Also seit meiner Geburt!

Kurze Zeit später erreichten wir eine Art Wohnmobilstellplatz am Rande Hamburgs. Direkt am Elbstrand. Unser nächster Auftritt ließ noch einen Tag auf sich warten. Wir stellten den Bus ab und Annabell und ich deckten uns mit jeweils zwei Flaschen Rotwein ein, welche wir am Kiosk des Campingplatzes erwarben. Dann gingen wir am Elbstrand spazieren. Annabell schien den Wein und ihre unzähligen Kippen zu genießen, die sie rauchte. Während ich die ganze Szenerie genoss. Diese Szenerie voller Ruhe und voller Annabell. Wir sprachen erst kaum, dann aber irgendwann umso mehr. Und Annabell erzählte, wie das damals bei ihr war mit den zwei gescheiterten Beziehungen. Mir war das eigentlich egal. Ich hasste Männer abgrundtief und das blieb auch so. Doch Annabells Geschichten stellten gelebte und bombastische Argumente für meine Thesen voller Männerhass und Abscheu da. Und es folgten weitere Armeen an Argumenten, welche meine Meinung nur noch mehr verfestigte.

Ihren ersten Mann lernte sie bereits im Kindesalter kennen. Ihre Eltern erwarteten nicht nur, sondern verdeutlichten zielgenau, dass es keinen anderen Partner als den befreundeten Nachbarsjungen zu geben hatte. Für Annabell. Sozusagen Zwangsheirat auf Deutsch. Gegen jede Moral! Doch es wurde als moralisch verwerflich dargestellt, sich genau gegen diesen Elternbefehl zur Wehr zu setzen. So wurde Annabell bereits mit 20 Jahren zur Hausfrau degradiert. So wurde Annabell bereits mit 20 Jahren zum unglücklich sein degradiert. Schläge, Sex, Sex durch Schläge waren moralisch legitim. Als Annabell das so erzählte, wusste ich, warum auch sie inzwischen auf jede Art von Moral schiss.

In einiger Entfernung tauchte ein riesiges Containerschiff vor unseren Augen auf. Wir schauten dem Schiff nach, wie es scheinbar in doppelter Zeitlupe an uns vorbei schipperte. Annabell setzte sich in den Sand und fing an, von Freiheit zu erzählen. Für mich gab es keine Freiheit, denn gefangen war man doch irgendwie immer. Durch irgendwen. Annabell erzählte davon, dass es für sie Freiheit wäre, auf solch einem riesigen Schiff mit zehn Knoten durch die Welt zu ziehen. Mit einer reinen Frauenbesatzung. Sein eigener Chef sein, die Welt an sich vorbeiziehen lassen und dann irgendwann einfach untergehen. Wenn man sich dazu entscheidet. Das Bedürfnis nach Freiheit schien bei ihr ausgesprochen ausgeprägt. Dabei schien es gar nicht der Wunsch nach Freiheit, sondern purer Selbstschutz zu sein, als die Frau neben mir damals die Flucht vor ihrem ersten Mann ergriff. Daher kam es dann natürlich auch zum Bruch mit ihren Eltern. Denn was sollten bitte auch die Nachbarn denken? Annabell musste das damals egal sein. Und das war es auch.

Drei Jahre später spielte sich ein ähnlicher Krieg im Leben Annabells ab. Amerikanischer Krieg auf Annabells Seele. Durch gutaussehende US-Bürger mit schlecht aussehendem Charakter. Was eine unglückliche Trümmerfrau mit Mitte 20 zur Folge hatte. Und ich wurde in meiner Meinung wieder einmal bestätigt, dass Sex für Frauen langweiliger ist, als Star Wars in Endlosschleife. Sex dient lediglich als Pflicht und Schutz vor Gewalt. Auch konnte ich sie sehr gut verstehen, dass sie sich als Frau in Trümmern dazu entschloss, ihrem Leben die Kugel zu geben. In Form von Tabletten und später noch einmal mit einem gewagten Sprung von einer Brücke. Genau in das Sichtfeld des Lokführers. Wollte sie so. Hat sie aber nicht geschafft. Am Ende lag sie auf der Lok und vermeldete lediglich ein paar Knochenbrüche.

Wir saßen noch einige Zeit lang am Strand. Irgendwann brach die Dunkelheit über uns herein, weswegen wir uns dann doch zurück in Richtung Schlafgemach begaben. Unterwegs begegnete uns eine Mutter mit ihren Gör. Plumpste vor unseren Füssen eben mal auf die Sabberfresse. Ich dachte kurz an zutreten, doch stand das Ding wieder auf und wollte weitergehen. Plötzlich kam diese blöde Mutter angerannt. Fragte, ob sich ihr scheiß Kind etwas getan hätte und als Folge dessen fing das plötzlich an zu plärren und starb scheinbar vor Phantomschmerz. Die Mutti wirkte recht dankbar, durfte die doch wieder mal Abhängigkeitsgefühle frönen, während ich der noch ein paar Jahre gab, bis der ihr verzogenes und nicht gesellschaftsfähiges Dreckskind in der Kinderklappe landete. Ich musste wieder kurz an Anne denken. Und an andere kaputtverzogene Kinderseelen. Aber besonders an Anne. Scheiß Rotwein machte scheiße sentimental. Ich vermisste sie und wusste eigentlich überhaupt nicht, warum. Nur musste ich feststellen, dass noch so scheinbar völlig belanglose Begegnungen doch prägten.

Ich musste lächeln.

Ein Anne-Lächeln.

Ein Anne-Lächeln stellte für mich immer Momente des Lächelns dar, wenn ich nicht einmal wusste, warum ich lächelte. Wusste ich bei Anne auch nie.

Zurück am Bus lagen Joh und Josi halb übereinander. Der Blick auf den Boden verriet, dass es mit unseren zwei Flaschen Rotwein am Strand regelrecht abstinent vonstattenging. Im Gegensatz zu dem, was sich bei unseren Bandkolleginnen abspielte.

Am nächsten Tag waren wir alle wieder relativ fit. Schade eigentlich, denn das, was nun auf uns zukam, hätte man volltrunken sehr viel leichter ertragen. In dem mehr als 1000-Psychopaten fassenden Bunker verliefen sich lediglich ein paar verlorene Seelen. Und zwar ausschließlich Frauen. Was mich wiederum entzückte. Doch vom ersten bis zum letzten Song wurde ein bisschen nach links, dann ein bisschen nach rechts gewippt, kaum mitgegrölt und sich auf gar keinen Fall von der Stelle bewegt. Das Aufregendste an diesem Abend war ein Zungenkuss eines scheinbar lesbischen Pärchens, der gefühlt 10 Minuten andauerte. Ansonsten hörten wir irgendwann einfach auf. Von Hamburg hatten wir uns mehr erhofft. Wir packten unsere Sachen zusammen und fuhren direkt die fast 300 km nach Berlin, wo uns zwei Tage Fronturlaub erwartete.

Unterwegs hatten wir kurz vorm Kreuz Wittstock dann doch unsere erste Panne. Am Auto. Zumindest fühlte sich der Motor irgendwie unrund an. Wobei er schon seit Beginn unserer Tournee unrund klang. Aber das verdrängten wir alle und jeder für sich. Auf irgendwelche sexistischen Pannendienste zig Stunden auf der Standspur zu warten, hatte keiner von uns Lust. Im Gegenteil. Wir hofften sogar, dass bitte niemand anhielt, um uns vollzusülzen mit irgendwelchem scheinprofessionellen Laiengequake. Sicherheitshalber bewaffnete Annabell sich mit Steinen und Stöckern, die sie im angrenzenden Waldgebiet fand. Joh und Josi versuchten das Auto wieder irgendwie flott zu bekommen. Doch waren ihre Mühen nur ein kurzer Hagelschauer auf Panzerglas. Am Ende versuchten wir die letzten 100 km irgendwie noch hinter uns zu bringen. Und so tingelten wir mit 80 Stundenkilometern

Richtung Berlin. Kurz vorm Ziel nahm das Auto dann plötzlich gar kein Gas mehr. Wir schafften es gerade noch auf den nächsten Rasthof und kamen uns vor wie eine Armee, die im Kreis lief, also nicht vorwärts kam. Wir stellten das Auto ab, deckten uns an der Tanke mit ungesundem Fraß ein und legten uns erstmal schlafen. Weit nach Mitternacht konnte und wollte uns vermutlich sowieso niemand helfen. Also pennen.

Am nächsten Morgen fragten wir uns auf dem Rasthof nach kompetentem Personal durch. Natürlich vergebens. Bis uns ein Mann ansprach, der uns zwar helfen wollte, von dem wir aber keine Hilfe annehmen wollten. So ein typischer Prollheini. Hätte ich am liebsten direkt in der Toilette runtergespült. Kurze Zeit später fanden wir Kontakt zu einer älteren Dame. Die schaute sich unser Dilemma an, telefonierte kurz und bat uns zu warten. Gleich würde jemand kommen. Wir dachten an diverse Automobilclubs, wo niemand von uns Mitglied war oder irgendeine Männergang, die erst denn Bus, und dann auch uns den endgültigen Garaus machen würde. Und es waren tatsächlich zwei Männer, die nach mehr als einer Stunde Wartezeit aufkreuzten. Sie quatschten irgendein unverständliches Zeug, aber das kannten wir vom männlichen Geschlecht auch nicht anders. Klang nach *Relais* oder so ähnlich. Wir wussten nichts. Wir hatten nur irgendwann mächtig Hunger, weil die ganze Scheiße inzwischen unzählige Stunden andauerte. Und genau deswegen mussten wir sogar denen, den wir mit unseren Liedern jeden Tag aufs Neue den Krieg erklärten, Essen ausgeben. Weil Joh die Meinung vertrat, das würde sich so gehören. Und so durften Josi und ich am Ende finanziell für deren Fraß bluten. Joh selbst nahm sich fein raus.

Doch am Ende konnten wir den Wagen als tatsächlich repariert bezeichnen. Die Männer gaben uns sogar noch jeweils einen dieser völlig überteuerten Tankstellen-Instant-Kaffees aus. Dann meinten sie, wir sollten uns einfach melden, wenn wir mal wieder in der Nähe sein sollten und Hilfe benötigten und zogen von dannen. Ich starrte die Männer und Annabell ihren Kaffee an.

Kurze Zeit später, zurück im Bus, fragte sie:

»Ihr habt das echt getrunken? Die hätten euch was reinmixen können!«

»Alles gut,« meinte Josi! »Immerhin lebe ich noch und ich habe ihn getrunken!«

Annabell probierte den Kaffee und prustete ihn direkt gegen die Vordersitze.

»Wusst ich doch! Der ist kalt! Trink ich nicht!«

Wir hätten Annabell darauf aufmerksam machen können, dass jeder Kaffee kalt ist, wenn er mehr als eine Stunde in der Hand gehalten wird, aber wir waren müde, freuten uns auf unsere Betten und wollten die letzten Kilometer auf keinen Fall diskusionsfreudig wirken.

Irgendwann am Nachmittag wachte ich auf. Der Schlaf war kurz und intensiv. Ich wollte gerne eine Kleinigkeit essen, doch das, was sich noch im Kühlschrank befand, war so wenig wie ungenießbar. Ich korrigierte mein Vorhaben des Essen einnehmens, denn auf Supermarktbesuche hatte ich so wenig Lust, wie zu meinem Vater nach Spandau zu fahren. Doch da meldeten sich Pflichtgefühle. Nicht mir gegenüber, sondern meinem Vater.

Ich verschaffte mir noch einen kurzen Glücksmoment mit Freddy, döste nochmals kurz in eine Art Halbschlaf, ließ die letzten Tage noch einmal im Expresstempo Revue passieren, ehe ich endgültig den Weg in Richtung Außenbezirk antrat.

Diesmal freute ich mich sogar auf die eigentlich viel zu lange S-Bahnfahrt. Ich freute mich auf ein wenig Zeit für mich.

Zwischen diesem ganzen frustrierten Menschenpack. Einfach in der Bahn sitzen, sowohl Gedanken, als auch die Stadt an sich vorbeiziehen lassen und den Kopf leer kriegen. Zumindest ein bisschen.

Nachdem ich das Verkehrsmittel wechselte, spuckte mich der Bus wieder auf dem Einfamilienschlachtfeld aus. Von dort waren es nur noch wenige Gehminuten zu meinem Vater. Mir war bewusst, dass mein Vater mich vor geraumer Zeit anrief, darum bettelte, dass ich vorbeikommen solle, weil er doch so einsam wäre. Weswegen er mir die Tür öffnen und die Hand reichen wird.

Wie Arbeitskollegen.

Nicht wie Vater und Tochter.

Ich spazierte noch ein wenig durchs Kriegsgebiet und stellte mir die Frage, was wohl hinter all diesen Fenstern, Häuserwänden und Gardinen abging. Kinder verprügeln, Frau missbrauchen. Dazu Schulden und Alkohol- und andere Süchte. Das kannte ich zu gut. Jedoch nicht von mir. Meine Eltern fassten uns nie an.

Keine Schläge!

Keine Beleidigungen!

Keine bösen Blicke!

Kein Lächeln!

Kein in den Arm nehmen!

Kein liebes Wort!

Auf meinem Marsch durchs Kampfgebiet streifte ich eine Art Feldküche. Wo billige Lebensmittel noch billiger erworben werden konnten und die Angestellten eine Art Zwangsarbeiter darstellen mussten. Denn freiwillig konnte hier niemand ernsthaft arbeiten wollen. Unter Arbeitsbedingungen, die genauso heruntergekommen und abgewrackt schienen wie die Lebensmittel, die es dort zu kaufen gab und den

Arbeitslohn, um welchen man sich Monat für Monat herumschlug. Die Betreiberfirma dieses feldküchenähnlichen Billigdiscounters wechselte in den letzten zehn Jahren mehr als fünf Mal. Und ich erinnerte mich noch gut daran, wie oft unsere kleine damalige *teenpimpel-army* am Pfandflschenautomaten stand und sich so richtig rebellisch fühlte. Wenigstens diese eine Rebellion konnten wir leben, wenn wir eine Schnurr um die Pfandflaschen banden, diese scannen ließen und dann zurückzogen. Man, wurden wir reich. Bis man uns erwischte. Doch genau diese Situation spiegelte unseren Alltag wieder. Wir hatten kein Geld. An Taschengeld dachten wir genauso wie an Moral durch Einfamilienhäuser. Doch Letzteres wirkte viel wichtiger. Begriff ich nur viel später. Der Schein wurde durch Einfamilienhäuserwände gewahrt, während sich innen Schulden und Armut,

Selbstmordgedanken und Überangepasstheit die Klinke in die Hand gaben.

Ich klingelte am Haus meines Vaters. Niemand öffnete. Ich wiederholte den letzten Vorgang meines Lebens. Niemand öffnete. Ich ging ums Haus um Dinge zu sehen, an die ich eventuell gar nicht dachte. Oder hörte. Das Schlafzimmerfenster war angeklappt und gab merkwürdige Geräusche frei. Stöhnen, Schreie und ein Vokabular, welches ausschließlich für die Männerwelt bestimmt schien.

»Ja, komm! Geile Sau! Besorgs mir richtig! Tiefer! Tiefer!«

Dass mein Vater Frauenbesuch hatte, konnte ich so sehr ausschließen, wie den Endsieg des Kommunismus, die

Auferstehung Honeckers oder die Versklavung aller Männer.

Mein Vater zog sich Pornos rein, während seine Tochter vor der Tür stand und eigentlich um Einlass bat. Obwohl sie diesen gar nicht wollte. Doch ohne Einlass wäre die Tour ins Rand-Kriegsgebiet sinnlos gewesen. Und sinnlose Sachen waren nie meins.

Ich spazierte also erneut durch die Straßen des Kriegs- und Krisengebietes, um kurze Zeit später nochmals an der Tür meines Vaters zu klingeln, welche dieser dann schließlich öffnete. Er war es, der mich aus Einsamkeitsgründen um mein Erscheinen bat und er war es, der mir die Hand reichte, was mich jedoch leicht anekelte. Denn Hygiene war noch nie seins. Das kannte ich bereits von früher. Daher ging ich auch nicht davon aus, dass er sich nach dem Tächtel-Mächtel mit seiner Hand sich diese auch gewaschen hatte. Ich reichte ihm meine angewidert, begab mich ins Bad, suchte die Seife, welche scheinbar gerade abwesend schien und schrubbte mir meine Hände mit Waschpulver.

Kurze Zeit später saßen wir beide im Wohnzimmer. Im Hintergrund lief erneut Unterschichtenfernsehen. Was für meinen Vater jedoch, allem Anschein nach, vordergründig wichtiger schien, als mein Vorhandensein. Ich fragte mich, was ich hier überhaupt sollte. Fernsehen schien wichtiger und interessanter und ich hatte sowieso Besseres zu tun. So Dinge wie einkaufen gehen, Freddy oder schlafen.

»Ich verstehe das nicht! Wieso bekommen die Bälger heute diese Medizin? Wie heißt die? Ritin?«

Das Unterschichten-TV-Programm verlangte meinem Vater so ziemlich alles ab.

»Ritalin,«

antwortete ich auf die Frage meines Erzeugers.

»Früher gabs doch so was auch nicht. Da wurden die Bälger noch mit Alkohol ruhig gestellt. Und wenn das nicht half, wurden sie bewusstlos geschlagen. So war das damals. Auch bei mir. Hat nie jemandem geschadet!«

Den letzten Kommentar meines Vaters hätte ich gerne als Lüge entlarvt, den er musste scheinbar eine Menge Dinge in seinem Leben erleben, die ihm eher schadeten, als nutzten. Doch das durfte mir egal sein. Ich ließ ihn kurze Zeit später mit seinem Unterhaltungsmedium allein, ging durch die Tür und redete mir ein, dass dies das definitiv letzte Mal sein sollte, dass ich dieses Schlachtfeld betrat.

Den nächsten Tag gönnte ich mir Ruhe. Frühs setzte ich mich ins Cafè, genoss völlig überteuertes Frühstück und notierte Ideen für neue Songtexte.

Mit einem Kaktus in deinem Arsch
blase ich dir wenigstens den Marsch!
So wie dein Schwanz, den keine mehr mag
Fühlst du dich jeden Tag!

Ein paar Hiebe, das wär ne Wonne!
Für alle Männer, unter der Sonne!
Würd Ihm freigeben, nur ein wenig!
Diesen Reichtum, den wünsch ich mir!

Mittags fühlte ich mich endlich bereit dazu, den ganzen fehlenden Schlaf nachzuholen. Mein Körper fuhr inzwischen so weit runter, weswegen ich auch endlich richtig zur Ruhe finden konnte.

Nachdem ich abends wieder erwachte, dachte ich kurz an meinen Vater. Und mir wurde klar, dass es genau so gut war, wie es kam. Er führte sein Leben. Mit seinen Heftchen, Filmen und seinem Unterschichtenfernsehen. Und ich führte meins. So wie ich es für richtig hielt. Zumindest ein wenig.

Mehr als eine Stunde lang lag ich wach. Draußen brach bereits die Dunkelheit über Berlin herein. Es ist Abend geworden und ich wirkte selten so ausgeschlafen. Kurze Zeit später klingelte es an meiner Tür. Josi stand davor. Ich bat sie herein, wirkte etwas überrascht, freute mich jedoch über ihren Besuch. Gemeinsam zogen wir noch durch die Straßen von Friedrichshain, wurden regelrecht angeekelt von diesen ganzen Touristenpack, kehrten in eine abseitsgelegene Kneipe ein und quatschten über Gott, die Welt und unsere Band. Josi genoss unsere aktuelle Tournee, wenn ich ihren immer noch mehr und mehr in Alkohol getränkten Worten folgen konnte. Ich selbst wusste nicht, was ich von der Tour und dem Management zu halten hatte. Ich wollte nie aus Pflichtgefühlen heraus Musik entstehen lassen. Und ich hatte Angst, dass genau das so kommen würde. Josi selbst glaubte nicht an diese Entwicklung. Doch sie versprach mir, dass auch für sie dann *Hass im Glück* sterben täte, wenn diese Richtung doch eintreten sollte.

Am nächsten Morgen trafen wir uns um 09.00 Uhr am Bus. Und sogar Annabell erschien diesmal pünktlich. Vor uns lagen mehr als 500 km Autobahnfahrt. Und keiner von uns wusste, ob wir dem alten Ackergaul von Auto diese Strecke überhaupt zutrauen konnten. Denn einen Werkstattbesuch nach der letzten Panne hielt Joh natürlich nicht für nötig. Also ging es mit einer Art Provisorium in Richtung Ostfriesland.

Doch erstens

kommt es anders...

Ich wachte auf. Die gerade aufgegangene Sonne kitzelte mir im Gesicht. Femke wirkte wie eine kleine Maus, als sie an mich geschmiegt neben mir lag. Meine Nase nahm lieblichen Kaffeeduft wahr. Draußen knatterte mein Mann mit dem Rasenmäher durch das Gras. An meiner Seite nahm ich das geblümte Tablett wahr, auf welchem sich mein Frühstück in Form von Kaffee und Croissants befand.

Nachdem meine Tochter und ich das Frühstück genossen, begab ich mich zu meinem Mann in den Garten. Unterwegs dorthin traf und begrüßte ich unsere Pensionsgäste.

Ich lernte Christian vor acht Jahren im Universitätsklinikum Hamburg kennen. Er absolvierte dort damals eine Ausbildung zum Krankenpfleger. Aber ich sah ihn immer nur in der Tür oder an meinem Bett stehen und lächeln. Irgendwann fühlte ich mich von diesem Lächeln dermaßen genervt, dass ich zu ihm meinte:

»Hör auf so dämlich zu grinsen, Arschgesicht!«

Dann ging er kurz weg, um irgendwann wieder da zu stehen, um mich anzulächeln. Diese ganze Szenerie wirkte auf mich so unangenehm, weil albern, dass ich irgendwann zurücklachen musste. Christian ließ mir keine Chance. Ich musste einen Mann anlächeln. Eigentlich so ausgeschlossen wie Kinder, die Altersrente beziehen oder Autoverkehr auf Langeoog. Konnte es nicht geben.

Genauso unmöglich schien es, dass ich mit Christian den ersten Mann in meinem Leben kennenlernte, dem ich vertrauen konnte. Dies traf nicht einmal auf meinen Vater zu.

Ich erinnere mich noch daran, wie er während einer Nachtschicht an meiner Bettkante saß. Irgendwer betätigte den Klingelknopf, der Christian zeigen sollte, dass er in eines der Patientenzimmer gerufen wurde. Warum auch immer. Doch der ließ sich gar nicht stören. Er saß einfach da, fragte mich, ob ich wüsste, wie wunderschön ich eigentlich wäre. Er erzählte mir von seinem Traum. Ein Traum, der so realistisch und einfach klang, doch in Christians damaliger Situation so weit entfernt schien wie die plötzliche Auferstehung Josis, Annabells und Johs. Christian träumte davon, an irgendeinem ruhigen Flecken Erde, irgendwo in Deutschland, eine eigene Pension zu führen. Er wollte sein eigener Herr sein. Weshalb er dann eine Ausbildung zum Krankenpfleger absolvierte, wollte ich damals fragen. Doch hörte ich ihm lieber zu. Konnte ich in meiner damaligen Situation sowieso am besten. Christian erzählte etwas von Langeoog. Einem Ort, der mir bis dahin noch nie zu Ohren kam. Er erzählte davon, wie er manches Mal auf diese kleine Insel fuhr, als er im Jugendalter Ruhe vor seinen Eltern suchte. Die Leidenschaft in Christians Worten hätte heilende Wirkung haben können, wenn ich es gewollt hätte. So ausgeprägt schienen sie. Und irgendwie, auch wenn ich mich damals noch dagegen wehrte, heilte er mich tatsächlich etwas mit seinen Worten.

Ich lag zur damaligen Zeit in diesem Krankenbett und sehnte mich trotzdem nach Ruhe. Nach Einsamkeit. Wollte nur für mich sein. Musste irgendwie wieder zu mir selbst finden. Aber das schien damals ein Ziel, welches ebenfalls so weit weg schien, wie die Träume von Christian. Doch seine Worte ließen mich nicht mehr los. Bis der Tag kam, an welchem ich darum bat, an seinem Traum teilhaben zu können. Für mich bis zu diesem Tag etwas komplett Unvorstellbares. Doch Christian verzauberte mich mit seinem

Traum. Was anfangs in mir Ängste schürte, welche ich jedoch bereit war, zu überwinden. Und genauso wie Christian wollte ab diesem Moment auch ich um diesen Traum kämpfen. Ich wusste nicht wieso und warum und was kommen würde, schließlich kannte ich nicht einmal diese Insel. Wusste nicht, wo sie lag. Doch das erste Mal in meinem Leben spürte ich die Sicherheit, etwas Richtiges zu tun. Und dafür wollte ich kämpfen. Mit Christian. Nur, dass das Kämpfen bei mir etwas anders aussah, als bei ihm. Ich lag in Trümmern. Wortwörtlich. Beide Schultern zertrümmert, mein linkes Bein mehrfach gebrochen. Und meine Hüfte bestand ebenfalls nur noch aus vielen Einzelteilen.

»Irreparabel!«

Wie oft hörte ich dieses Wort aus den Fressen der Ärzte. Doch egal! Ich wollte gemeinsam mit Christian diesen Traum leben. Und dafür kämpfte ich.

Der Krieg wurde offiziell für beendet erklärt. Es gab zahlreiche Tote auf der einen, meine Bandmitglieder, und keine Toten auf der anderen Seite. Und ich selbst wirkte wie irgendetwas, das wieder aufgebaut werden musste. Im wahrsten Sinne!

Wir lebten unseren Traum einer gutlaufenden Pension in einer kleinen und ruhigen Seitengasse auf Langeoog. Unsere gemeinsame Tochter lebte eine Kindheit, die ich selbst nie hatte und daher so irre viel Stolz verspürte, dass wir Femke diese unbeschwerte Kindheit ermöglichten. Eine Kindheit in Frieden.

Ich genoss diese Ruhe auf Langeoog, meine eigene Ausgeglichenheit. Nie hätte ich gedacht, dass man unter solchen *Umständen* 14-Stunden-Arbeitstage bewältigen konnte. An sieben Tagen in der Woche. Ohne irgendwann komplett am Limit zu laufen, einfach zusammenzubrechen, sondern das alles auch noch zu genießen. Und auch diese Erfahrung lehrte mich, dass das Leben zu leben Spaß macht und der Frieden auch ganz nett zu sein scheint. Schön, dass ich diesen auf Langeoog fand. Auch die Begegnung, überhaupt die ganze Entwicklung mit meinem

Mann, war vergleichbar mit Bomben, die Frieden erzeugen, Waffen, die Heilung bringen und eine CDU, die sich für den Weltfrieden einsetzt. Jenseits aller möglichen Vorstellungen! Dabei wirkte es wie eine einfache Rechnung mit leidenschaftlicher Liebe und leidenschaftlichem Sex. Einmal im Monat! Maximal! Reichte auch komplett aus! Sex sollte nie ein Beweis für Liebe sein. Christian wusste, dass er ein toller Mann war. Dafür musste er mich nicht extra noch sexuell malträtieren. Und umgekehrt schaffte er es ebenso, mir die Anerkennung zu vermitteln, die ich brauchte, um mich gut zu fühlen. Auch ohne Beischlaf! Doch wenn es dann mal dazu kam, wurde mir jedes Mal grazil bewusst, dass Christian der Einzige war und jemals sein wird, der es mir ohne Druck so richtig besorgen konnte.

Unsere Pension platzte beinahe das ganze Jahr über aus allen Nähten. Weil die meisten, die bei uns pennten, zu gerne wieder kamen. Was oftmals auch an der familiären Atmosphäre lag, dem ganzen drum herum und weil mein Mann und ich ein tolles und eingespieltes Team darstellten. Nicht nur nach außen. Außerdem steckten wir sehr viel Geld in die Pension und schwammen trotz allem im selbigen.

Viele Leute kommen auf diese Insel, weil sie eine ganz bestimmte Sache suchen! Die Sache mit der Ruhe! Und Ruhe kann schon faszinierend sein. Vor allem, wenn man sie nicht kennt. Ich kannte sie nicht und fand sie, wie viele der Gäste, die zum ersten Mal auf die Insel kamen. Auf diesen kleinen Flecken Erde. Als ich das erste Mal vom Festland übersetzte und dabei auf dem obersten Deck des Schiffes mir den Novembersturm durch die Haare wehen ließ, wurde mir klar, dass dies nicht das letzte Mal sein sollte, dass ich dieser Insel einen Besuch abstattete. Und ich sollte verdammtes Recht behalten.

Wobei das alles von ganz komischen Vergangenheitsgefühlen begleitet wurde. Unser Band-Bus steuerte damals als Ziel ebenfalls in Richtung Ostfriesland. Und nur ich kam am Ende an. Mehr als ein Jahr später. Jedoch nicht in Leer, sondern auf Langeoog.

Unsere Pension lag etwas abgelegen in der Gartenstraße, aber trotzdem noch relativ zentral. Daher genoss man hier dann auch gerne noch etwas mehr Ruhe, als auf dem Rest der Insel. Und uns besuchten auch nicht nur Rentner. Wobei die die mit Abstand schlimmsten Gäste stellten. Hinterließen ihre Zimmer in einem Zustand der klar zu verstehen gab:

»Vielleicht komm ich nächstes Jahr gar nicht mehr wieder, weil ich tot bin, und sowieso, nach mir die Sintflut!«

Da verhielten sich die Familien schon komplett anders. Die setzten sich den ganzen Urlaub lang unter einen massiven Druck, denn was sollten auch die anderen denken? Und genau so hinterließen die ihre Zimmer. Oftmals konnten wir nach deren Abreise die Putzkolonne direkt wieder abbestellen. Nur gab es leider eher selten Gastfamilien.

Es gab viele Gäste, die man nie mehr im Leben vergessen sollte. Beispielsweise dieser Typ, der ebenfalls meinte, auf der Suche nach etwas Ruhe zu sein. Für uns wirkte der jedoch eher auf der Suche nach sich selbst. Er meinte, er käme aus Berlin, schreibe Bücher und ich dachte so, dass er aber ein verdammt schlechter Autor sein musste, weil ich noch nie etwas von ihm gelesen hatte. Und ich las viel. Lesen war für mich eine Art Vergangenheitsbewältigung, seit ich auf Langeoog sesshaft wurde. Dann yahoote ich seinen Namen und mir wurde bewusst, dass ich eben doch bereits etwas von ihm las. Ein tolles Buch! Nur der Autor interessierte mich damals nicht sonderlich. In dem Buch ging es um eine Frau, die auf der Suche nach sich selbst schien. Sie spielte in einer Band und alle Mitglieder dieser Band kamen bei einem Verkehrsunfall, in der Nähe von Hamburg, ums Leben. Einzig diese Frau überlebte und landete auf einer einsamen Insel.

Dieser Autor wirkte auf mich völlig zerstreut und ich wunderte mich sehr, dass so scheinbar komplett zerstreute Menschen so tolle Bücher schreiben konnten. Aber vermutlich gerade deshalb! Ohne, dass jemand für komplett bekloppt und leicht geistesgestört gehalten wird, geht es eben nicht.

Das Gleiche trifft auch auf Menschen zu, die sich im sozialen Bereich ausbeuten lassen. So wie Christian damals auf der Krankenstation. Auch er ist positiv bekloppt, was ihn erst so richtig liebenswert macht. Dieser Autor blieb nur vier Tage, bevor er wieder in seine Alltagsunruhe zurückkehrte. Andere Gäste sind uns nicht weniger in Erinnerung geblieben. Gäste, die bewiesen, dass diese Welt doch nur so groß wie eine ostfriesische Insel zu sein scheint. Gäste, die man das erste Mal im Leben sieht und trotzdem weiß, dass man sie bereits das ganze Leben lang kannte. Wo man glücklicherweise jedoch auch weiß, dass man diese Gäste so schnell nicht wiedersehen sollte, weil sie auf Begegnungen wie mit mir keine Lust hatten. Denn Vergangenheit kann auch manchmal nett unangenehm sein. Dann doch lieber vermeiden, die böse Vergangenheit. Ging einer Dame mit dem Namen Marita beispielsweise so. Sie machte mit ihrer dritten Ehe Urlaub auf Langeoog. Drei lange Wochen. Wochen, in denen man als Gastgeber auch schon mal mit den Urlaubern zusammensaß, Wein trank und mitbekam, wie Vertrauen wuchs und Hemmungen wie Unterhosen ausgezogen wurden. Wie Marita! Eine Person, die mir von Anfang an das Gefühl vermittelte, sie schon irgendwo einmal gesehen zu haben. Nur wollte mir bis dahin noch nicht einfallen, woher genau. Doch als die Hemmungen dann ausgezogen waren, berichtete sie von ihrer Ehe Nummer 1, die sich vor vielen Jahren in Berlin vor eine U-Bahn warf. Ich dachte an Annabell, denn anhand des Sterbedatums von Maritas damaligen Ehegatten wusste ich, dass er es damals gewesen sein musste, der einen Freiflug vor die einfahrende U-Bahn wählte. Nur konnte ich diese Frau nicht von diesem Vorfall kennen, denn damals war mir das egal, wer da zu Schienenbrei passiert wurde. Wichtig schien mir damals lediglich, dass wir pünktlich an unserem ersten Tourort ankamen. Doch es ließ mir keine Ruhe. Dieses Gefühl, diese Frau eine Ewigkeit zu kennen. Auch wenn ich sie seit Jahren nicht mehr gesehen hatte. Allein die Neugier ließ mich viele Abende mit ihr zusammensitzen, wie früher mit Joh Rotwein bis in die Nacht hinein trinken und über Gott und die Welt quatschen. Marita wirkte auf mich so unsympathisch wie Schlagermusik, Kriege, unfreundliche Gäste oder Hektik. Alles Dinge, auf die ich in meinem aktuellen Leben sehr gerne verzichten wollte. Genauso wie auf Marita. Doch ich wollte, ich musste wissen, woher ich diese Frau kannte. Und irgendwann, am Abend vor ihrer Abreise, war es dann endlich so weit. An diesem Abend wurde meine emotionale Seite auf eine brutal-anmutende Probe gestellt. Die Worte Maritas, die da, auch dank viel zu viel Rotwein, aus ihrem Mund quollen wie Hodensaft aus dem Maul einer Pornodarstellerin, stellten den Frieden, den ich für mich fand, für eine kurze Zeit in Frage.

»Wissen sie, ich möchte ihnen danken!«

»Mir danken? Wofür?«

»Dass sie sich damals so verständnisvoll um Anne kümmerten!«

Zuerst dachte ich an wegrennen, dann an dicke betrunkene Frau anzünden, doch am Ende holte ich Christian dazu. Diese Situation wollte und konnte ich nicht allein bewältigen. Christian kannte die Anne-Geschichte. Und mir gegenüber saß tatsächlich ihre Mutter. Ich hatte eine ganze Zeit lang mit meinen Gefühlen zu kämpfen. Mit Gefühlen wie Ohnmachts- und Tobsuchtsanfälle oder einfach losheulen. Doch am Ende lag ich in

Christians Armen und spürte Halt. Nur so konnte ich das Gespräch einigermaßen fortsetzen. Denn natürlich hatte ich Interesse an einem Austausch mit dieser fetten Kaulquappe, die mir gegenübersaß. Schließlich wollte ich unbedingt erfahren, was aus Anne wurde. Und ich wollte von Marita wissen, wieso Anne damals nicht redete.

»Wissen sie, es gibt Fragen, die stellt man sich sein Leben lang. Und genau diese Frage gehört für mich dazu. Wieso redete Anne damals nicht? Allein ihr Lächeln verzauberte mich damals so sehr, es hätte auch die Arktis zum Schmelzen bringen können!«

»Ich kann ihnen auch nicht sagen, wieso sie plötzlich nicht mehr sprach! Genau deswegen haben wir sie ja einweisen lassen!«
»Sie haben sich damals nicht besonders kooperativ gezeigt. Ich erinnere mich daran,

dass sie und ihr damaliger Mann die Meinung vertraten, dass die Ärzte in der Klappse das doch rausfinden sollten. Schließlich wären die doch vom Fach und sie selbst nur Mutter und Vater!«

»Aber so war es doch auch! Auch uns überforderte die Situation mit Anne!«

»Wissen sie, wieso ihr Mann sich damals vor die U-Bahn warf? Im Radio wurde damals auf Liebeskummer spekuliert.«

»Ich konnte es mir denken! Die Polizei fand damals heraus, dass er Anne wohl ein bisschen zu lieb hatte und ihr dies auch ganz offen zeigte. Aber das hätten wir damals auch überstanden. Immerhin liebten wir uns doch!«

Christian hielt mich auch weiter in seinen starken Armen! Die Kraft, die er mir dadurch gab, konnte ich gerade recht gut gebrauchen.

»Wie kam die Polizei damals darauf? Solche Vorwürfe sind ja schon heftig!«

»Anne erwartete ein Kind von ihm. Mit 12 Jahren. Wurde aber wieder beseitigt! Aber das hat ja alles nichts damit zu tun, dass sie plötzlich mit niemandem mehr ein Wort wechselte. Sex ist das Eine. Mit niemandem mehr ein Wort zu wechseln das Andere!«

Innerlich wirkte ich schockiert und äußerlich sah man mir vermutlich bereits meinen Rotweinkonsum an. Aber nichts schien gerade egaler. Ich fragte, wo Anne heute leben täte und bekam als Antwort, dass sie erneut in einer Nervenklinik untergebracht wurde und dies für unbestimmte Zeit auch so bleiben sollte. Marita erzählte dann etwas von

Gefahr für die Allgemeinheit und von weiteren Erlebnissen mit Anne. Sie hätte wohl versucht, ihre Tochter wieder zu Hause aufzunehmen. Was für ein paar Monate auch gut ging. Doch irgendwann stand Anne dann wohl mit einem Mixer vor ihr und wollte mit diesem auf sie losgehen. Daraufhin wurde sie sofort wieder eingewiesen.

Es gab Momente im Leben, die versuchte ich zu vermeiden. Mit allen Mitteln, die mir zur Verfügung standen. Momente, wenn ich beispielsweise aufs Festland reisen musste. Viele dieser Momente nahm mir Christian ab. Er war es, der, wenn es denn nötig schien, auf dem Festland Dinge erledigte. Oder Sachen besorgte, die es auf der Insel nicht zu kaufen gab.

Selbst als ich die Mitteilung erhielt, dass mein Vater endlich das Zeitliche segnete, vermied ich es komplett, das Festland aufzusuchen und Berlin einen Besuch abzustatten. Lag daran, dass für mich mein Vater schon vor Jahren gestorben ist.

Rein emotional!

Später dann also auch hoch exklusiv.

Nur leider ließ sich dann Monate später ein Besuch Berlins nicht mehr vermeiden. Ich konnte, wollte es nicht glauben, nicht wahrhaben, als ich den Brief eines sogenannten

Notars in den Händen hielt. In diesem wurde mir mitgeteilt, dass ich das Haus meines Vaters geerbt hätte. Dieses Haus, in dem ich meine Kindheit verbringen musste, ich meine Mutter an der Wäscheleine im Waschkeller baumeln sah, Tag für Tag und Nacht für Nacht Unterschichtenfernsehen das Klima im Haus nur noch mehr verpestete und sich mein Erzeuger vermutlich jeden Tag einen runterholte. Auf dieses Haus wollte ich sehr gerne verzichten. Konnte ich jedoch nicht. Als ich dem sogenannten Notar mitteilte, dass ich das Erbe ausschlage, schlug er mit Worten in seinem Antwortschreiben zurück, welches nach *Klagen, Verlust* und anderen Ungereimtheiten klang. Und ich konnte mir darauf keinen Reim bilden.

Ich musste also zurück in meine Geburtsstadt.

Völlig unfreiwillig!

Christian und Femke konnten mich nicht begleiten. Die Hauptsaison stand vor der Tür. Weswegen Vorbereitungen getroffen, Gäste versorgt und das Haus in Schuss gehalten werden musste.

Das Ganze wirkte wie eine Reise in die Vergangenheit. Eine Reise, auf die ich so wenig Lust verspürte, wie Berlin wiederzusehen. Ich fuhr mit dem Schiff bis Bensersiel, von dort aus mit dem Bus bis nach Norden. Wo bereits mein ganz persönlicher KZ-Transport wartete. Ja, Berlin wirkte auf mich nur noch wie eine Art Konzentrationslager mit Gasen in der Luft, die früher oder später doch zum Tod führen mussten. Auch wenn der Vergleich hinkte, aber diese blöden Vergleiche hinken ja sowieso immer.

Mehr als sieben Stunden saß ich diesem stinkenden Zug. Und mehr als sieben Stunden fragte ich mich:

»Musste das wirklich sein?«

Ich vermisste meine Familie, weswegen ich am liebsten direkt wieder ausgestiegen und umgekehrt wäre. Und natürlich wusste ich, dass Christian das mit der Pension auch ohne mich wuppte. Trotzdem quälte mich das schlechte Gewissen, ihn mit allem allein zu lassen. Und solche Situationen wie einsam im Zug zu sitzen, von Sehnsucht geplagt, zeigten mir auf, wie wertvoll so Sachen wie Familie, wie wertvoll Menschen sind, wenn sie gerade nicht zur Verfügung stehen. Hätte mir das jemand früher erzählt.

Als ich in Berlin ausstieg, war die Wahrnehmung stinkender Abgase auch gleichzeitig Erinnerungen an ostfriesische Rosengärten. Überhaupt nicht zu vergleichen mit Langeoog. Es stank. Bereits nach den ersten Schritten auf dem Bahnsteig wurde ich das

Gefühl nicht los, dass sich ein ekel- und kotzerregender Pelz auf meine Zunge legte.

»Kannst nee uffpassn?«

Ich schaute, wurde nicht nur vollgenölt, sondern auch zur Seite geschubst. Diese Stadt wirkte wie Krieg. Krieg, der doch eigentlich für beendet erklärt wurde. Doch dieser Krieg sollte mich nicht klein-krieg-en. Auch wenn er inzwischen gegen mich allein gerichtet schien.

»Scheiß Krieg! Fick dich doch selbst,«

dachte ich. Auf dem Hauptbahnhof, welcher genauso unübersichtlich und überdimensional schien, wie der Rest der Stadt, verlief ich mich. Was vermutlich auch daran lag, dass ich gar nicht genau wusste, wo ich überhaupt hin sollte und wollte.

Ursprünglich nach Spandau.

Dort stand das Haus meines Vaters.

Jetzt wohl mein Haus.

Ein Haus!

Was ich nie haben wollte.

Scheiß-Haus!

Stattdessen fuhr ich jedoch ein paar Stationen in der überfüllten und nach Schweiß stinkenden S-Bahn und kam in meinem ehemaligen Wohnbezirk an.
Welcome back Friedrichshain!
Welcome back to the hell!
Doch diese Hölle, die ich einst lieben lernte, mit ihrer ganzen chaotischen Schrägheit, war nicht mehr meine Hölle. Hier regierte nur noch das Schickimickitum. Hippster und Möchtegernalternative säumten das Straßenbild von Friedrichshain. Dazu aus dem Boden gestampfte Mehrzweckhallen und von Kapitalanlegern oder diversen DAX-

Unternehmen geprägte Straßenzüge. Besetzte Häuser wurden längst geräumt und neu besetzt. Von irgendwelchen dubiosen Investoren. Friedrichshain war nicht mehr mein Bezirk. Und es fiel mir überraschend schwer, dies einzusehen. Berlin war nicht mehr meine Stadt. Doch war sie das jemals? Diese Frage konnte ich mir selbst nicht beantworten.

Es verursachte ein wenig Wehmut, als ich weiter durch die Straßen meines ehemaligen Heimatbezirkes schlich. Und je länger ich durch diverse Straßen ging, wurde mir immer klarer, dass das einst alternative Friedrichshain irgendwo beerdigt lag. Und ich wusste nicht wo. Irgendwann stand ich vor dem Haus, welches vor vielen Jahren noch mein Wohnhaus darstellte. Ich stand in der Nähe vom Boxhagener Platz und das Wohnhaus, welches ich einst bewohnte, war nun eine Art Hostel. Kaum zu ertragen, weswegen ich schleunigst weiterging. An der nächsten Ecke stand auf einem Schild, welches eine große Berliner Boulevardzeitung bewarb

»Mieten in Berlin steigen und steigen!«

Ich schüttelte den Kopf. Nicht nur wegen diesem Artikel, sondern auch aufgrund der massiven Bullenpräsenz in den Straßen. Hatten die Angst, dass man sich den Bezirk doch zurückerobern würde? Das schien für mich der einzige Grund, weswegen gefühlt an jeder Ecke eine Bullenwanne entlang fuhr. Von hier nun beheimateten Obergluckenmüttern mit ihren Kindern sollte doch wohl eher keine Gefahr ausgehen. Die gingen zwar nicht arbeiten, weil die sich ihr Leben finanzieren ließen, aber die begingen doch eher Verbrechen an ihren verzogenen Gören. Und nicht mehr an Häuserwänden oder mit Drogen. Ich habe solche Frauen noch nie gemocht. Die beschlafen Männer, bekommen dafür

Kinder und der Mann hat Sex und ein scheinbar intaktes, vorzeigbares Familienleben. Aber vielleicht fuhren die Bullen auch Streife, um Spielplätze zu bewachen, wo nicht nur Kinder herumtollten, sondern auch fette Mütter über Spielgeländer hopsten, weswegen die Spielgeräte jederzeit gefährdet schienen, einzustürzen.

Bei all diesen Gedanken dachte ich an meine Tochter. Wie sie mit ihren inzwischen fünf Jahren nicht nur allein über den Spielplatz, sondern über die gesamte Insel hopste. Ich hatte gar keine Zeit, keine Lust, sie permanent zu bewachen und mich auf der Insel tagtäglich der Lächerlichkeit preiszugeben.

Kurze Zeit später kam ich am Ostkreuz an. Ein einst altes, heruntergekommenes Drehkreuz des Berliner Nahverkehrs. Der Umbau lief und man konnte erkennen, dass mein einst so geliebtes Rostkreuz, ein eigentlich viel zu großer, kultiger Bahnhof, nach der Fertigstellung aussehen sollte, wie jede x-beliebige überdimensionale Bahnstation in Berlin. Ich setzte mich am Ostkreuz in eine S-Bahn und fuhr nach Lichtenberg. Stieg dort am Bahnhof aus, suchte mir eine Pennmöglichkeit für die nächsten Tage und mir wurde klar, dass Gentrifizierung auch was Gutes zu haben schien. Lichtenberg, die ehemalige Nazihochburg, bekam gerade eine Art Facelifting verpasst. Von brauner Suppe war in Bahnhofsnähe nicht mehr viel zu sehen. Verdrängt in die Außenbezirke.

Nachdem ich ein Zimmer eines kleinen Hotels bezog, rückte ich aus um Ziele anzusteuern, die ich eigentlich nie erreichen wollte. Verursachte so eine Art ganz schlechtes Kackgefühl in mir. Eine Mischung zwischen kotzen und scheißen müssen. Aber auf jeden Fall irgendwas mit Toilette.

Eines dieser Ziele stellte der Notar in Charlottenburg, ganz im Westen der Stadt, dar. Doch den Weg dorthin hätte ich mir auch ersparen können. Denn im Westen gab es noch immer nichts Neues. Dieser fette Typ mit seinem Oberlippenbart und seinem schlecht sitzenden Anzug informierte mich lediglich darüber, dass ich die einzige Erbin wäre.
Welche Überraschung!
Bei all dem, was noch auf mich zukommen sollte.

Von Charlottenburg fuhr ich direkt weiter nach Spandau. Um dem Haus, welches mein Vater mir hinterließ, einen Besuch abzustatten. Ich wusste, dass die Ruine, mein Vater, das Zeitliche gesegnet hat. Es lebte lediglich noch die Fertigbauweise. Um diese lief ich herum, schaute mich im seit Jahren verwahrlosten Garten um und klingelte an der Tür.

Obwohl ich wusste, dass dort drin niemand mehr in der Lage war, mir die Tür zu öffnen. Vielleicht wollte ich mir mit diesem Klingeln auch nur eine Art Sicherheit abholen. Mehr nicht. Die Sicherheit, dass mein Vater tatsächlich nicht mehr lebte. Und diese Sicherheit bekam ich. Anders und deutlicher, als ich es mir selbst vorstellte, aber lieber zu viel Sicherheit, als massig Unsicherheit. Es war diese fette Pranke, die sich plötzlich von hinten auf meine rechte Schulter legte und freundlich fragte:

»Guten Tag! Was suchen sie hier?«

Ich drehte mich um und vor mir stand eine alte Frau. Eine alte Frau, die genauso aussah, wie ich mir immer so ein altes Bauernmuttchen vorstellte. Nicht besonders dick, aber immerhin muskulös. Tiefe Falten im Gesicht, ungepflegte Locken auf der Rübe und dazu eine Ausstrahlung wie eine Bodybuilderin in der Seniorenliga. Sie streckte mir ihre Hand entgegen, nachdem sie feststellen durfte, wer ich war und ich hätte erst einmal aufschreien können. Ich unterstellte ihr keine Absicht, als sie mir mit ihrem makaberwirkenden Händedruck erst einmal die Wahrnehmung körperlicher Schmerzen verdeutlichte. Um mich im Anschluss damit zu überraschen, dass es allem Anschein nach doch eine Frau im Leben meines Vaters gab. Die faltige Frau mit der Bodybuilderseniorenfigur stellte sich als *Liesbet* vor und lud mich zu sich ins Nachbarhaus ein, um gemeinsam einen Kaffee zu trinken. Und wie es typisch ist für diese Bauernmütter, durfte natürlich der Bienenstich, der Apfelkuchen, die Sahnetorte und der Apfelstrudel nicht fehlen. Doch ich lehnte dankbar ab. Trotz mehrerer Versuche, mich zu überreden, die allesamt mit

»Nun iss dich doch ruhig satt, mein Kind! Du kannst es gebrauchen! Ist ja gar nichts dran an dir,«

gut zu beschreiben gewesen wären. Wobei gerade der letzte Teil nachvollziehbar schien, wenn ich meinen 55 kg-Körper mit dem von Liesbet verglich.

Das, was dann von ihr an Informationen preisgegeben wurde, schlug mir jedoch dermaßen auf den Magen, dass das Ablehnen des Kuchens die einzig richtige Entscheidung darstellte. Liesbet verriet, dass mein Vater zu den sogenannten Starkstromalkoholikern zählte und genau dies zuletzt für ihn auch das Ende bedeutete. In Form von akutem Organversagen. Liesbet und er hatten die letzten Jahre also eine Art Beziehung miteinander und ich dachte eher an eine Art Abhängigkeitsverhältnis zwischen einem zu Pflegenden und seiner Pflegerin. Doch vom Alkohol brachte auch sie ihn nicht mehr weg. Liesbet erzählte weiter von ihrem ersten verstorbenen Mann, während in mir spürbar die Sehnsucht stieg. Die Sehnsucht, einfach allein sein zu wollen. Diese Art von Sehnsucht habe ich auf Langeoog völlig vergessen. Dort war sie auch nie von Nöten. Doch in einem Kriegsgebiet wie Berlin musste man sich damit wohl permanent auseinandersetzen, für ein wenig Ruhe zu kämpfen. Ich wollte an diesem Tag nur noch für mich sein. Um mit Dingen abzuschließen, mit denen ich doch eigentlich schon lange, lange abgeschlossen hatte.

Abends telefonierte ich lange mit Christian und fing irgendwann einfach an zu flennen. Mir liefen die Tränen wie einst der Alk bei meinem Vater. Ich vermisste meinen Mann, meine Tochter, meine Insel. Überhaupt mein ganzes Leben, was ich so sehr liebte. Doch in diesem Moment musste ich mir eingestehen, dass sich die scheiß Vergangenheit nicht einfach beseitigen ließ wie Schlachtabfall. Und mit diesem Vergleich beschrieb sich meine Vergangenheit sehr gut.

Den nächsten Tag verbrachte ich beinahe komplett im Bett. Am darauffolgenden musste ich nochmals einen Termin beim Notar wahrnehmen. Und das Einzige, was mir Kraft gab, war die Tatsache, dass dies mein letzter Termin in dieser beschissenen Stadt sein sollte. Der Weg zurück nach Hause rückte immer näher und mir zeitweise ein Hoffnungslächeln zwischen die Mundwinkel. Schöne Momente, wenn man einfach lächelnd durch die Gassen frustrierter Leute schlendert. Momente, welche allein durch das Lachen, wieder an Anne erinnerten.

Dann saß ich erneut vor diesem Anwalt, der noch immer eine ähnliche Sympathie ausstrahlte wie ein überfahrener Fuchskadaver auf dem Standstreifen der Autobahn. Erst denkt man

»Oh, mist, wie konnte das denn passieren,«

doch dann will man das am liebsten auch kein zweites Mal sehen. Ähnlich erging es mir, als ich diesem fetten Typen erneut gegenüber saß. Sein Mundgeruch gab eine Mischung aus Zwiebeln und Knoblauch frei. Der Kadaver stank also inzwischen. Dann erfuhr ich erneut, dass ich Alleinerbin wäre und ich dachte, dass wir das bereits hatten und tat dies auch kund. Doch der schwitzende und nach Zwiebeln und Knoblauch duftende Herr in seinem schweißgetränkten Anzug wunderte sich. Ging er doch immerhin davon aus, dass ich das wusste. Doch ich erfuhr in diesem stinkenden Kabuff zu ersten Mal davon, dass

ich Halbgeschwister hatte und habe. Mein Vater hatte vier Kinder mit drei Frauen und Respekt verdiente was anderes. Wo von eines jedoch bereits verstarb und das zweite eine Art Pflegefall darstellte. Ein totes Kind aus erster Beziehung, ein Pflegefall aus der zweiten, mein Bruder und ich aus der dritten! Alles Kinder eines toten Pflegefalls. Ich dachte kurz an Liesbet und eventuellen Nachwuchs, aber das war altersmäßig glücklicherweise nicht mehr möglich.
Kurz darauf fragte ich mich selbst, was ich hier überhaupt noch tat.
Ich setzte meine Unterschrift unter diverse Verträge und nannte nun ein Scheiß-Haus mein Eigen, welches ich ganz schnell wieder loswerden wollte um mit dem ganzen Krempel, überhaupt dieser ganzen Stadt, endlich abschließen zu können.

Am nächsten Morgen begab ich mich, viel früher als nötig, auf den Weg in Richtung Bahnhof. Was nur daran lag, dass ich es kaum erwarten konnte, diese vergaste Stadt endlich für immer hinter mir zu lassen. Am Bahnhof angekommen, tat ich dann doch genau das, was die ganze Zeit, seit ich auf Langeoog losfuhr, in meinem Kopf rumspukte. Und da ich noch immer mehr als zwei Stunden Zeit hatte, bis ich diese Elendsstadt endlich verlassen konnte, besuchte ich Joh, Josi und Annabell auf dem Friedhof. Die ganze Zeit überlegte ich, ob ich mich den Dreien noch einmal stellen sollte. Ich trug schließlich die Hauptverantwortung dafür, dass wir damals Krieg gegen die Männerwelt führten. Ich fühlte mich zu dieser Zeit als Führerin und benahm mich auch genau so.

Ich wusste aber auch, dass ich nicht an dem Tod der drei schuld war. Diese Verantwortlichkeit trug niemand mit sich. Außer der schlafende Lastwagenfahrer, der mit unserem Kleinbus Ziehharmonika spielte, als er ihn gegen das Stauende schob. Ich hatte schlicht Glück, dass ich zu diesem Zeitpunkt auf der hintersten Bank las. So bekam ich am wenigsten ab und überlebte als Einzige.

Während diese Gedanken wie ein Kettenkarussell permanent an meine Hirnwände klatschten, schloss ich meine Reiseutensilien im Schließfach ein, setzte mich in den Bus und ließ mich direkt zum Friedhof fahren. Das der Leichenacker in der sogenannten Friedensstraße lag, konnte kaum Zufall sein. Denn seit diesem Unfall begleiteten mich nur noch Friedenstauben auf meinem Lebensweg. Keine Spuren mehr von Krieg und Sterben. Vielleicht schien dies auch die Ursache dafür, dass ich damals nicht einmal auf der Beerdigung der drei mit Anwesenheit strahlte. Ich redete mir damals ein, dass mich dies mental überfordern tue. Doch auch meinen körperlichen Zustand ordnete ich zur damaligen Zeit irgendwo zwischen *schön, dass ich mich überhaupt noch bewegen kann* und *gebrechlich* ein.

Plötzlich stand ich auf diesem Friedhof in der Friedensstraße, wusste auf diesem jedoch gar nicht wohin. Selbst die Nachfrage bei Leuten, die dazu verdonnert wurden, hier zu arbeiten, lief komplett ins Leere. Aber das habe ich auch nicht anders erwartet.

Ich begann, diese besondere Friedhofsruhe zu genießen, als ich durch die Gräbergassen marschierte. Diese Ruhe zwischen all den Toten. Doch sie wirkte anders, als auf Langeoog. Es fehlte schlicht Lebendigkeit.

Dann stand ich vor dem Grab von Joh, Josi und Annabell. Und diese Grabstätte erinnerte keineswegs an eine Art Kriegsgräberstätte. Denn Kriegsgräberstätten wirkten gepflegt und gehegt, aber das hier wirkte einzig und allein vernachlässigt. Vielleicht stellte hier jemand vor vielen Jahren mal eine Blume ab, aber diese war als solche nicht mehr zu erkennen. Die Grabstätte wirkte vermodert und verwahrlost. Sie wirkte eher wie eine Ruhestätte ehemaliger RAF-Funktionäre, um die sich aus Protest niemand kümmern wollte. Niemand kümmern durfte. Deshalb wirkte auch das am Grab angebrachte Schild mit der Aufschrift *Bitte bei der Friedhofsleitung melden* wie Hohn.

Die Zeit drängte. Ich stattete dem nahegelegenen Blumenladen einen Besuch ab. Wusste, dass das alles nächste Woche wieder ähnlich wie vor meinem zehnminütigen Gastspiel aussehen wird, sah diese einmalige Grabpflege jedoch mehr als eine Art kleinen Protest an. Ein ähnlicher Protest, wie den verweigerten Besuch der Grabstelle meines Vaters.

Den Bus zurück zum Ostbahnhof erreichte ich noch knapp. Dort ausgestiegen, stolzierte ich langsam und voller Gemach in Richtung Bahnhofseingangsschiebetür. Vorbei an Menschen mit Gesichtsausdrücken, die nur Neid hätten erkennen lassen. Wenn sie denn gewusst hätten, wohin ich nun fahre. Da sie das jedoch mit großer Wahrscheinlichkeit nicht wussten, konnte es auch ganz schmucklos die eigene Lebensfrustration und der geringe Glaube an ein besseres Dasein sein, welchen sie mir mit ihrer Mimik entgegenwarfen. Ich selbst dachte nur

»Und ihr müsst alle hierbleiben! In dieser stinkenden Hölle von Leben! Ihr Armen!«

Gedanken meinerseits. Ausgelöst vom sicheren Glauben, diese dreckige, verfickte, viel zu hektische Stadt nie mehr betreten zu müssen.

Momente später saß ich im Zug in Richtung Norddeich. Versuchte, mich irgendwie zur Ruhe zu zwingen. Gar nicht so einfach. Wenn sich gegenüber Scheinintellektuelle mit Gesprächsthemen wie über das Judentum, den Zweiten Weltkrieg und Traumatherapien gegenseitig unterbieten wollen. Scheinintellektuelle mit Boulevardzeitungsbildung.

Ich kam also nicht zur Ruhe. Machte aber nichts. Dachte stattdessen daran, dass ich weinen könnte. Weinen vor Glück, Berlin endlich für immer hinter mich gelassen zu haben.

Auch später fand ich keine Ruhe. Mein Kopf wirkte voller, als ich selbst in den wildesten Zeiten voller Rotwein, der Mädchenband und Männerhass.

Gedanken tanzten wilden Pogo in meinem Kopf und verursachten böse Gedanken an meine Vergangenheit. Wunderschöne Gedanken an meine Zukunft und wunderschöne

Gedanken an Femke. Was tat sie wohl gerade? Dazu plötzliche Geistestätigkeiten an Anne. Wie es ihr wohl gerade erging? Gedanken an Christian. Und dazu eine Erleuchtung an verdammt viel Glück im Leben.

Nachdem die mit dem Boulevardzeitungsintellekt schließlich in Magdeburg den Zug verließen, kroch dann doch eine gewisse Ruhe in mich. Trotzdem noch Gedanken oben in der Nische. Ich starrte in den Himmel und bewunderte diesen für seine Klarheit. Welche ich auch gerne wieder hätte. Doch wenn man, wie ich, inzwischen viele Jahre auf einer Nordseeinsel wohnt, weiß man, wie schnell sich das ändern kann mit der Klarheit des Himmels. Ähnlich wie mit dem unheimlich wirkenden Glück. Ist irgendwann einfach weg. Leer und aufgebraucht. Wie ein leeres Marmeladenglas, welches man dann mal eben in den Müll wirft. Und was soll man auch bitte noch damit? Also weg mit dem Schein-Bar-Müll, bevor er anfängt zu stinken.

Einige Zeit später begab ich mich auf die Suche. Nicht nach dem Glück, denn das hatte ich. Noch. Begab mich stattdessen auf die Suche nach Kaffee. Doch 0,2l koffeinhaltige und heiße Glückseligkeit sollte mir für die nächsten Stunden noch verwehrt bleiben. Der begab sich heute leider nicht mit an Bord.

Zurück im Großraumwagen steuerte ich wieder meinen Sitzplatz an. Mir gegenüber saß inzwischen ein junger Mensch. Irgendwo schon mal irgendwie gesehen, dieses leicht bekannte Gesicht. Erinnerungslücken schienen recht groß, machte aber nichts. Es handelte sich bei meinem Gegenüber um einen recht eleganten ca. 18-jährigen jungen Menschen, der recht elegant in seiner »Neo« blätterte. Immer mal wieder schielte er über seine Zeitung, blickte zu mir auf. Mir erging es ähnlich. Er lächelte mit einem Mix aus Verlegenheit und genervt sein. Ich lächelte zurück mit einer Mischung unangenehmer Gefühle und »Wer bist du bitte?«

Irgendwann, der Zug steuerte inzwischen den Bahnhof von Hannover an, fragte er mich, ob ich früher einmal in einer Band gespielt und eine Johanna gekannt hätte. Und der, die er selbst lediglich von Bildern und verschwommenen Erinnerungen kannte, fiel die Kinnlade herunter. Lucas! Johs Sohn! Und ich überraschte mich selbst, dass ich mich dermaßen freute, ihn wiederzusehen. Diese kleine nervige Plage von einst.

Lucas berichtete mir, dass er, gemeinsam mit seinem Vater, inzwischen in Köln wohnte und dieser immer viele Geschichten über seine Mutter erzählte. Geschichten über die Band. Geschichten aus dem Leben Johs. Und mir wurde schnell klar, als Lucas das so preisgab, dass sein Vater Joh und unsere damalige Musikgruppe gegenüber Lucas doch etwas zu sehr in den Himmel hob. Warum er das tat, wusste ich nicht. Hatte aber auch keine Lust nachzufragen. So richtig bewusst wurde mir das, als mein Gegenüber davon sprach, dass seine Mutter ein großes Vorbild für ihn sei und er deswegen bereits mehrere Musikinstrumente spielen könne. Es überraschte mich dann nicht mehr, als Lucas sagte, dass er später auf jeden Fall mal etwas mit Musik machen wollte.

Und er sollte Recht behalten. Nur anders, als gedacht.

Im Alter von 10 Jahren erfuhr Lucas, dass Martin, den er für seinen Vater hielt, gar nicht sein leiblicher Schöpfer war. Doch das machte ihm bereits in diesem Alter weniger aus, als eine Windböe über Langeoog. Joh hätte ihm Lucas damals anvertraut, als sie mit uns auf die letzte Tournee fuhr. Sie meinte zwar, dass er der Vater gewesen sei, doch Lucas Ziehpapa wusste es besser, verstand und sah es als Auszeichnung an, dass sie ihm genau das anvertraute, was ihr am meisten bedeutete.

Der Typ mir gegenüber überraschte mich mehr und mehr. Das, was er von sich gab, wirkte reifer, als ich es jemals sein werde. Das wurde mir nicht erst bewusst, als er meinte, dass das Leben doch wie ein Swingerclub wäre, in welchem das Glück saß und zu gerne ge- und erzwungen werden wollte. Dieser Satz stammte von Martin, als dieser ihn darüber aufklärte, wer er wirklich war. Auch, dass es sozusagen Liebe auf den ersten Blickkontakt gewesen wäre, er Lucas deswegen niemals weggeben wollte und das Leben manchmal doch auch mal total egal sein kann, wenn man nur darauf hören würde, was man fühlt. Lucas selbst durfte eine Kindheit genießen, die ihn prägte und ihm eine Menge Rüstzeug mit auf den Weg des Lebens gab. All die Dinge also, die mir fehlten. In Hannover stieg Lucas dann um. Wir schworen einander, Kontakt zu halten und uns irgendwann wiederzusehen.

...und zweitens

sowieso!

Gemeinsam sitzen wir auf dem Bahnsteig am Alexanderplatz. Anne auf der Bank, ich im Rollstuhl. Wir fühlen uns wie zwei derbe Berühmtheiten, die keiner traut anzusprechen. Im Gegenteil. Es wird gebührend Abstand gehalten.

Kurze Zeit später fährt endlich die S-Bahn ein. Die Berliner S-Bahn! Ein zuverlässiger Wärmespender im kalten fucking Herbst. Ich hasse diese Jahreszeit. Sie erinnert mich auf grauenvolle Art und Weise daran, dass auch in meinem Leben der Spätherbst längst einsetzte und der Winter bereits vor der Tür steht.

Anne und ich begeben uns in trauter Langsamkeit in Richtung Tür, betreten und befahren das wärmespendende Transportmittel. Auch in der S-Bahn schwebt uns ein Hauch Superstar-Feeling entgegen. Immer mehr Fahrgäste drehen sich zu uns um. Wir lächeln. Wenn man dies noch so

nennen kann. Und Schüchternheit ist spür- und greifbar. Niemand traut sich weiterhin, uns anzusprechen, nach einem Autogramm zu fragen. Stattdessen wird der eigene Platz geräumt, sich eng am anderen Ende des Waggons gedrängelt oder direkt am nächsten Bahnhof ausgestiegen. Man fühlt sich anscheinend zu wenig wert, um zusammen mit Leuten wie uns gemeinsam in einem S-Bahnwagen zu fahren. Nur für uns werden ganze Sitzreihen geräumt. Anne hat sozusagen die Qual der Wahl, wann sie wo wie sitzen möchte. Ich habe lediglich meinen Rollstuhl. Und an keiner Station, an der die Bahn hält, wagt es irgendjemand, sich auch nur in unsere Nähe zu setzen. Solche Momente stellen für Menschenabfall wie uns eine unglaubliche Befriedigung dar. Genau solche Momente sind es, die uns für Momente glücklich werden lassen.
Tatsächlich!

Denn auch Menschenabfall möchte einfach mal in Ruhe gelassen werden. Ich roch genussvoll an Annes langen, lockigen Haaren. Annes Haare rochen nach Chinanudeln. Ich roch unglaublich gerne an Annes Haaren.

Dass wir am Ende unseres Lebens doch keine Superstars sind, bekommen wir kurze Zeit später zu spüren, als sogenannte Sicherheitsmenschen uns aus der S-Bahn schmeißen. Statt absolute Superstars gehören wir doch in Wahrheit zur Klasse der absoluten Obdachlosen. Wir sind die, die der stinkenden, vor sich hin gammelnden Gesellschaft aufzeigen, dass sie vom Fuße her stinkt. Und das Nagelbett ist böse entzündet. Aber das möchte bitte niemand sehen. Denn man könnte morgen bereits in unsere ungewaschenen Fußstapfen treten. Möchte auch niemand. Lässt sich jedoch immer schwerer vermeiden. Ich weiss, von was ich spreche. Gestern führte ich mit meinem Mann noch eine Pension auf Langeoog, morgen bin ich wegen Schulden obdachlos.

Anne kennt meine Geschichte. Und ich ihre. Was mir ihre Mutter einst berichtete, als sie in unserer damaligen Pension ihren Urlaub verbrachte, stellte sich nur als eine von vielen Halbwahrheiten heraus. Anne kam damals wieder bei ihr unter, um kurz darauf erneut zwangseingewiesen zu werden. Weil sie ihrer Mutter mit dem Mixer drohte. Doch Anne drohte nicht. Anne griff ihre Mutter mit dem auf »on« geschalteten Rührgerät direkt an. Die Rührhaken verfingen sich in den Haaren der Frau, die wegrannte. Anne rannte hinterher. Dabei zog sie jedoch den Stecker aus der Buchse. Ohne Absicht. Doch ihre Lebensspenderin war fein raus aus der Nummer. Es sollte ein Racheakt für all die verlorenen Kinderjahre sein, die ihr Vater und ihre Mutter zu verantworten hatten. Ihr Vater drückte sich damals vor der Verantwortung, als er sich vor eine U-Bahn schmiss und sich von dieser zu fetthaltigem Menschenbrei verarbeiten ließ. Und ihre Mutter wusste von nichts. Nichts, von all den Filmchen, die sie von Anne drehte, als ihr Erzeuger sie besonders lieb hatte. Nichts, von den Regieanweisungen an ihren Mann, wie er Anne denn genau lieb zu haben hatte.

Zum ersten Mal gesehen habe ich Anne damals in der Kinderklappse. Sie war 13 Jahre jung und prägte mein ganzes Leben, was ich vor mir hatte. Heute sitzt sie hinter mir, begleitet und schiebt mich durch die Straßen Berlins. Mit ihren inzwischen fast 40 Jahren.

Berlin! Einst verflucht, heute der Rest Hoffnungsschimmer auf kein besseres Leben.

Das hatte ich bereits.

Nur lediglich ein Resthoffnungsschimmer auf das Überleben.

Berlin!

Hauptstadt des irgendwie Durchhaltens. Woanders kaum möglich. Nur hier findet man die Hilfe, die Infrastruktur, die man braucht um obdachlos zu werden, zu bleiben. Aber wenigstens auch, um zu überleben. Irgendwie.

Ließ mich jene Stadt zu einer dreckigen, stinkenden Pennerfrau werden? Oder doch mein Vater? Meine eigene Dummheit? Dieses scheiß Haus, welches ich von meinem Vater erbte, erbte ich überhaupt nicht. Was ich vererbt bekam, war eine verschuldete Immobilie. In Höhe von mehr als 100.000 Euro. Die Christian und ich nie hätten zahlen können. Und diese Schulden zermalmten unser glückliches Leben wie ein Pitbull einen Yorkshire-Terrier. Und als der dann Blut kotzte, gab es dafür noch Beifall und Sprüche wie

»Hättet ihr halt besser aufpassen müssen!«

Bereits vorher bekam Christian die Diagnose Magenkrebs. Aber das sollte uns nicht unterkriegen. Wir wollten es schaffen. Irgendwie. Bekamen wir doch täglich das Gefühl vermittelt, dass viele Insulaner hinter uns standen.
Was wie Doping wirkte!
Gab irre Kraft! Doch der Brief, den wir an einem Mittwoch erhielten, saugte uns kräftemäßig dermaßen aus, dass Christian auch keine Kraft mehr hatte, den Kampf gegen den gierigen Krebs zu gewinnen.

Femke wohnt heute bei Christians Mutter in Hamburg. Vielleicht sehe ich meine einzige Tochter irgendwann mal wieder. Nur nicht heute. Nicht morgen. Vielleicht im nächsten Leben. Den Anblick ihrer wohnungslosen Mutter möchte ich ihr ersparen.

Anne und ich trafen uns vor zwei Jahren am Alexanderplatz wieder.
Purer Zufall!
Ich machte gerade Bekanntschaft mit Anhänger eines Berliner Fußballvereins. Eine Art Bekanntschaft, auf die ich gerne verzichtet hätte. Was generell auf Männerbekanntschaften zutraf. Doch diese Gruppierung wirkte labil und versuchte dies unschön zu überspielen mit ihrem Mackergehabe. Die liefen auf mich zu mit ihren rot-weißen Schals, schrien irgendwas Unverständliches durch die Gegend, kamen mir dann immer näher und ich verstand plötzlich, was die von mir wollten. Sie rissen mir meine Kleider vom Leib, bespuckten und traten auf mich ein. Dann zwangen die mich, in den Neptunbrunnen zu steigen und als Zielscheibe zu dienen. Sie fingen an, mit ihren leeren Bierflaschen nach mir zu werfen.

Glücklicherweise wirkten die schon so besoffen, dass keiner von denen traf.

Plötzlich kamen sie auf die Idee, das Lied *Alle meine Entchen* nachzuspielen. So von wegen Köpfchen ins das Wasser und so. Und dann kam Anne. Bot diesen Wichsern jeder ein Bier an, wenn sie von mir ablassen würden. Das hat funktioniert. Ich spürte unfassbare Dankbarkeit Anne gegenüber. Sie gab ihre letzten und einzigen Taler aus, um mich aus dieser scheiß Situation wieder zu befreien. Später erzählte sie, dass dieser Trick bei Männern immer funktionieren täte. Geb den Typen Alkohol und sie lassen ab von dir. So entkam Anne sogar schon so manchen Vergewaltigungen. Nur leider nicht denen ihres Vaters.

Das Überleben im Herbst isr scheiße schwer.

Scheiß depressive Jahreszeit!

Kaum einer ist bereit, ein paar Cent abzugeben.

Ist im Sommer ganz anders!

Da klingelt oftmals die Kasse. Auch durch diverse Straßenfeste, welche ein Mecka für Pfandflaschensammler darstellen. Wo man sich nur durchsetzen muss. Denn Straßenfeste, Open-Air-Konzerte bedeuten auch immer Krieg unter Obdachlosen. Nicht selten gibt es Verwundete oder sogar Tote. Interessiert nur niemanden. Liegst du da auf einer Bank und bist tot, wird gebührend Abstand gehalten, denn du bist ja nur besoffen, stinkst, brauchst als Stadtstreicher aber natürlich niemals Hilfe. Wieso auch? Es gibt nur einen Unterschied dabei. Als Mann wirst du für aggressiv gehalten, selbst wenn du auf der Parkbank liegst und nicht mehr atmest. Als Frau bist du schwach und Freiwild für all und jeden. Selbst wenn du stinkst und doch nur für besoffen gehalten wirst.

Anne und ich geben uns gegenseitig Halt. Ohne die Eine, wäre die Andere bereits tot. Das wissen wir. Aber nicht nur deswegen schätzen wir uns ungemein. Damals auf Langeoog lernte ich schnell, dass andere Menschen dir nur dann entgegenkommen, wenn du ihnen auch entgegenkommst.

Umgekehrt ist es nicht anders.

Uns möchte niemand mehr entgegenkommen. Weswegen Anne und ich uns mit einem hoffnungslosen Leben auf der Straße abfinden müssen.

Klar gibt es diese paar Sozialfuzzies die sich überengagieren und sich auf Kosten anderer Bestätigung für ihr sonst so trauriges Leben besorgen. Aber diese Spezies von Mensch haben Anne und ich schnell durchschaut. Die können uns mal kreuzweise, diese Asozialen.

Zwei Wochen später sitzen wir wieder einmal im wärmespendenden Großraummobil des öffentlichen Nahverkehrs und lassen uns durch die Gegend transportieren. Während wir ziellos durch den abgeranzten goldenen Käfig namens Berlin fahren, steigt am Ostkreuz ein Typ ein. Schick gekleidet wirkt er. In der Hand hält er eine Geige. Klingt wunderschön, was er da so spielt. Trotz Vollbart erkenne ich Lucas.

Er lächelt!

Ich lache!

Anne guckt erstaunt. Er sammelt seine Münzen ein. An der Jannowitzbrücke steigen wir aus. Suchen uns eine kleine abgelegene Wiese im Mombijoupark. Lucas zählt seine Tageseinnahmen. 36,44 Euro. Wann habe ich das letzte Mal so viel Geld in den Händen gehalten? Wir besorgen uns davon Rotwein,

Bier und andere Dinge, die uns kurzfristig Scheinhoffnung bescheren. Zurück im Park erzählt Lucas aus seinem Leben. Was die letzten Jahre brachten und was ihn zurück nach Berlin verschlug. Ich erzähle ihm dann meine Geschichte und lache.

Zum Autor:

Torsten Siekierka stammt aus Berlin und kommt da auch nicht mehr weg. Er hat auch zwei Kinder und wird die nicht mehr los. Und er schreibt Bücher, die sich nicht mehr rückveröffentlichen lassen. Und da wagen sie auch nur daran zu denken, ein trauriges Leben vor sich hin zu fristen? Natürlich könnten sie Herrn Siekierka in diversen Kneipen und anderen düsteren Etablissements Berlins treffen, doch ist er selbst dort nie zu sehen, weil er Tag und Nacht in seinem dunklen Kämmerlein vor sich hin schreibt. Doch manchmal winkt er auch am Fenster.

Besonders zu empfehlende Bücher aus dem düsteren Kämmerlein wären u.a.

Märchen aus der Unterschicht
Norbert Nazi –Sein Kampf-

Mehr über düstere Kammern und Herrn Siekierka selbst gibt es auf Facebook und unter torstensiekierka.blogspot.de